为了一个梦

FOR A DREAM

王生文 吴彤 苗九龄 著

敦煌文艺出版社

图书在版编目（CIP）数据

为了一个梦 / 王生文，吴彤，苗九龄著. -- 兰州：敦煌文艺出版社，2018.9（2023.1重印）
 ISBN 978-7-5468-1621-0

Ⅰ.①为… Ⅱ.①王… ②吴… ③苗… Ⅲ.①剧本－作品集－中国－当代 Ⅳ.①I230

中国版本图书馆 CIP 数据核字（2018）第 215269 号

为了一个梦

王生文　吴　彤　苗九龄　著

责任编辑：李　佳
装帧设计：李　娟　禾泽木

敦煌文艺出版社出版、发行
地址：（730030）兰州市城关区读者大道 568 号
邮箱：dunhuangwenyi1958@163.com
0931-2131373　2131397（编辑部）　0931-2131387（发行部）

三河市嵩川印刷有限公司印刷
开本 787 毫米 ×1092 毫米　1/32　印张 7　插页 2　字数 124 千
2019 年 6 月第 1 版　2023 年 1 月第 2 次印刷
印数：3 001～6 000

ISBN 978-7-5468-1621-0

定价：36.00 元

如发现印装质量问题，影响阅读，请与出版社联系调换。
本书所有内容经作者同意授权，并许可使用。
未经同意，不得以任何形式复制转载。

Contents
目 录

001
生·活

079
幸福年

147
为了一个梦

【三幕话剧】

生 · 活

Life and life

吴 彤
2008年7月由北京人民艺术剧院演出

北京人民艺术剧院演出
主要演员：朱旭　濮存昕　陈小艺　冯远征　张志忠　高倩　等

编 剧：郑天玮　吴　彤
艺术顾问：郭启宏　顾　威
导　演：任　鸣
作　曲：雷　蕾
作　词：易　茗

舞美设计：吴　穹　陈　睿
灯光设计：张秋春
副导演：王　鹏　丛　林

活

网址：www.bjry.com

题记

每当一个重大的历史事件发生的时候，都会有许多感人的故事和英雄来到我们面前。关于这方面的创作我们是熟悉的。

2008年5月12日的中国四川汶川地震，感人的故事和英雄依旧走到了我们的面前。

《生·活》的创作没有走上以往熟悉的路，它关注了四个在北京人家当保姆的女孩，它关注了北京一个姓王的人家，它关注了一个叫王路石的男人良心救赎的心路历程……

生活，是值得人类永远思考的问题。地震，除了感人的故事、英雄，还有许多，许多……比如尊严，然而如何获得这份尊严，每个人的方式是那么不同。

一个民族对生命尊重的程度，标志着这个民族文明的高度。

第一幕

王保年家

【时间:2008年5月12日中午。
【王保年住的是北京城区的回迁楼。
【小保姆小菊正给老家打长途电话。
【电视声音:今天是5月12日,农历四月初八,距离北京奥运会还有88天,距离残疾人奥运会还有117天。

小菊:妈妈,您挺好的吧?叫豆豆听电话……豆豆,叫妈妈……叫妈妈……(用遥控器将声音减小)哎,乖孩子,再叫一个……呦,好乖呦!……妈,这月我寄给您的钱收到了吧?……您别舍不得吃,什么都省下来给豆豆……哦,那这月的工钱就可以还给李娘娘了……您让我算算啊,剩下的那几家,应该明年开春就都能还齐了……您不用担心我,我这儿好着呢!……先不说了,正忙着,爷爷今天过生日,一会儿要来好多客人,哎……好、好,妈妈,再见。

小菊:(放下电话,起身关电视,朝爷爷看着)爷爷,我妈和豆豆祝您生日快乐。

王保年:(自己下着棋)哼,你妈说我信,还豆儿说,两岁半,就知道乐,哪儿知道什么快乐。

小菊:(拿出一个大包装盒)爷爷,这是路石叔叔专门给您定做的,一会儿他们就都来了,您快换上吧。

王保年:来就来吧,他们看了几十年的爹,换个衣服也还是这个爹。今天到点儿要是都能来就算出奇了,年年都是我等完这个等那个,这命要是短点,就不用过生日了,直接开追悼会。

小菊:爷爷,这日子您干吗这么说,多不吉利呀。

王保年:那不说了,换!以前这事都是老伴儿给张罗,今年老伴儿也走了。

小菊:爷爷!今天高兴,不说这些。一会儿马芸阿姨和路石叔叔他们还要来看你呢。

王保年:我生气,年年都是这日子叫我难受,要么就别过,说不过吧,又都张罗,张罗完了倒是来呀,又都这个有事那个忙,一番折腾。是,我这仨儿子,老大忙着谈生意,老二忙着给人家看病,老三呢,天天换着花样练折跟头……

小菊:人家是空军,那叫个啥子……特种兵!专门练跳伞的,好多人都羡慕哟!

王保年:我不羡慕,我看着他眼晕!不在地上好好待着,非在半空飘着!瞧着多悬!你说我这当爹的,一年就这么一个生日,就占用他们半天呀,我过分吗?哎,你看我这么大岁数穿成这样合适吗?

小菊:合适,生日穿红的喜庆。

王保年:你就说我这仨儿子,光孝不顺。到现在有一个来的吗?人呢?人呢?

【门铃。

小菊:您看这不是来了吗?

【小菊开门。张大妈端着一屉芝麻盐寿桃馒头上,身后跟着孙子高亮。

小菊:张大妈!

张大妈:老王头,我来给你祝寿来了。瞧瞧这寿桃馒头,喜庆吧?

王保年:哎哟,这可多少年没见了,是稀罕物!

高亮:爷爷!

王保年:呦,亮亮。

高亮:我一到我奶奶家就听说您过生日,我祝您福如东海,寿比南山。我来不及给您准备生日礼物了,给您献上一首诗吧,您坐稳了。

【高亮朗诵了一首小诗:《致凯恩》

　　我记得那美妙的一瞬,

　　在我眼前,出现了你,

　　就如昙花一现的幻影,

　　就如纯洁之美的精灵。

王保年:这诗真不错。

高亮:那是,您真识货,这是普希金的!爷爷,您再听这首。

【高亮又念。

　　我可以帮你按摩脚吗?

　　我为什么要帮你按摩脚呢?

　　因为你的脚——疼,

　　因为在我的梦里,

　　你跑了整整一夜。

王保年:这也算诗啊?没听懂……

高亮:没听懂?那就对了,我压根儿就没打算让人听懂——这首是我写的!

王保年:(笑笑)亮亮,你还玩车哪?

高亮:玩!过瘾!油门一踩,敞篷一摘,挡一挂,走起来,风驰电掣,那才叫活着!不求活得长远,只求活得灿烂!

王保年:那就叫作呗!

张大妈:活作!

高亮:你们二位根本体验不到那种感受,这种纯粹的感观刺激只有军哥才能明白我!

张大妈:哼,你有人家延军的一半儿我就烧高香了!

小菊:亮亮,你的诗做得真不错。

高亮:大伙儿也都这么说,他们给我博客的留言——亲爱的高粱……

小菊:高粱?

高亮:这是我昵称!

王保年:还大豆呢!

高亮:爷爷,赶明儿,我把我那第一本诗集送给您,也送小菊一本,外带亲笔签名……

小菊:那先谢谢了。

高亮:奶奶,我今天过来就为跟您打声招呼,这些天不回来了。

张大妈:又上哪儿疯去啊?

高亮:新疆!克拉玛依!天山!这回,我会把雪莲给您带回来的!

小菊:雪莲? 你有女朋友啦?

高亮:什么女朋友,我说的是天山的雪莲花!

小菊:天山? 那地方好远哪,开车要开好久啊!

高亮:在我们眼前,地球那就是直的! 没我们开不到的地方。等着！等着我把雪莲给你们带回来。

【高亮下。

王保年：(朝高亮背影)你悠着点儿！

张大妈：(追着嘱咐)亮亮，你先别走啊。

王保年：你这宝贝孙子，可真是个人物！

张大妈：人物？我看那是怪物！如今这叫"80后"！新潮着呢，一出接一出的净给我耍幺蛾子！看人家小菊，都是一般大的孩子，稳稳当当的，让人看着就心静！

王保年：是这话！就说我老伴儿病在医院那小半年，多亏了小菊尽心伺候啊，这才没遭大罪，老伴儿临走的时候，我也没赶上，是小菊送她走的呀！我老伴儿是没受委屈，可委屈了小菊的儿子——过年的时候，人家豆豆眼巴巴地盼着，小菊愣是没回去。

小菊：爷爷，不说这个……

张大妈：嗨，你就别想过去的事了。你说当年为了给老大姐找护工，找了多少人哪，路石怎么就在那些人里一眼就相中了她，这不都是缘分吗？不光把老大姐顺顺当当送走了，这眼下，你们家也离不开她了！

王保年：可不是嘛，小菊要不在，我什么也找不着，还真是离不开她了！

小菊：爷爷，我愿意在这儿干，张大妈，我在这儿又能挣钱,又长本事,爷爷教我下棋、写毛笔字,还学唱了京剧,我特别知足!

张大妈:是啊,你爷爷有才着呢!老王头你还记得吧,那年咱还住小院的时候,也赶上你过生日,你喝高了,好嘛,又拉琴又唱曲的折腾了大半宿,那热闹劲儿啊,都快赶上春晚了。

小菊:什么?爷爷上春晚啦?

王保年:得了得了,就别拿我开涮了。

张大妈:小菊,过来!(低语)去年,你奶奶病故,你爷爷生日就没过成,这次可得好好操办操办。想想,还有什么没准备的?

小菊:全好了,您放心!

张大妈:寿面擀好了吗?

小菊:面擀好了,可我不会打卤,得您来。

张大妈:包在我身上,我先去看看亮亮。

小菊:爷爷,张大妈走了!

王保年:(对张大妈)中午饭在这儿吃吧。

张大妈:我肯定来,我还得给你那寿面打卤呢。

【张大妈下。

小菊:(拿起衣盒)你看这纸盒差点扔了,里面还有卡片呢。(念)祝爸爸生日快乐!镚镚。镚镚?镚镚是谁呀?

王保年:你路石叔叔的小名叫镚镚。

小菊:为啥子叫锄锄啊?

王保年:锄锄就是钢锄儿……一捧钢锄儿……

【门铃又响。

王保年:回头我再跟你说。

【小菊开门。

【小保姆小芬拿着大大小小的东西和大蛋糕上。

小菊:爷爷,小芬来了。

小芬:爷爷好!小菊姐,这是路石叔叔和马芸阿姨送的礼物。

小菊:你姐姐呢?

小芬:马阿姨不是有个大肚子嘛,我姐是贴身保镖离不开。爷爷,路石叔叔和马芸阿姨说一会儿就来,叫我先来帮着小菊姐做饭。爷爷,这是我给您的礼物,祝您生日快乐!喜不喜欢?

王保年:喜欢,谢谢。(兴奋地)马芸这几天有动静了吗?

小芬:阿姨这几天动不动就说头晕,看什么都是双影儿,医生说,像她这么高龄的孕妇应该住院,可她不听,前天路石叔叔和我姐陪她去医院试住了才半天儿,她就唠叨着要回家,说是在那儿心情不好,没意思,不如在家心里踏实,就又回来了。

王保年:那是,哪儿都没家待着踏实,我就烦医院那味儿,就延信他们两口子一来,把我这儿弄得都快成医院了。哎,老二他们两口子怎么还不到啊?

小菊:延信叔叔昨天电话里说了,上午他做完手术一准来,跟李雪阿姨一起来。

王保年:(朝小芬)马芸去医院,那医生说是男孩还是女孩啊?这回该看清了吧。

小芬:看了,可阿姨谁都不让说,说到时候给您个惊喜……

【电话响。小菊接电话。

小菊:喂,延信叔叔,什么?又有一个急诊手术?……要不得,爷爷该生气了……明天……你明天肯定有空啊?

王保年:(打断)你告诉他甭来了,明天是别人的生日!

小菊:(故作生气状)爷爷说明天是别人的生日,让你不要来了……(低声)你快点来,爷爷都生气了!(挂断电话,转向爷爷)爷爷,延信叔叔说了,他做完手术马上就到!

王保年:你就说老二家,医生医生,光医别人,自己不生;老三呢,还是个毛头小子,我这把年纪已经不指望他了!就盼着吧,老大媳妇顺顺当当地给我生个大胖孙子,抱着孙子过生日,那什么劲头儿?你们不懂。

小菊:我们肯定不懂。爷爷,您知不知道,好多人都羡慕您哟,大儿子是个经理,二儿子是个医生,老三还是个……啥子来的——哦,特种兵!您还不知足。

王保年:知足是知足,你得让我唠叨两句……我没老糊涂呢,也知道他们这点脸面是辛苦挣来的,不容易。这我都懂。

【桂枝忙忙叨叨上,站在门口叫小菊。

小菊:爷爷,桂枝。

桂枝:(朝王保年打招呼)爷爷好!(迅速把小菊拉到一边儿)小菊姐,快帮我再找一家。

小菊:你又被辞了?怎么搞的?你在那儿干了还不到一个星期,我跟你说,爷爷今儿过生日,我忙得很,没工夫管你,你先走,别添乱,改天再说。快走!

桂枝:(朝王保年)爷爷,生日快乐!那我不多待了,我先走了。

王保年:别走,今儿来了的就叫赶上了,一块儿,来来来。

桂枝:爷爷,这合适吗?

王保年:没什么不合适的,生日就是图个热闹,越热闹越好。

桂枝:好!(立即放下行李帮着干活)

【送水工丁晓莫扛着一桶饮用水愣头愣脑地扎进来。

丁晓莫:搁哪儿啊?

小菊:哎呀你搞错了!那是对门张大妈要的水!

丁晓莫:哦,对门啊!

小芬:(数落丁晓莫)都多长时间了,你老是搞不清……笨死算了!

王保年:你们认识?

桂枝:那是她男朋友。

王保年:哦,那你放下水就过来。(转身面对小芬)让爷爷给你参谋参谋。

小芬:行不行啊?

王保年:有什么不行。

小芬:好。

【小芬出门去叫丁晓莫。

王保年:过生日就是要热闹,越热闹越高兴!撞上了就是撞上了,是不是啊,小菊?

小菊:爷爷高兴我们就高兴。爷爷,我今天批准您喝一点酒。

王保年:喝白的?

小菊:可以!

【小芬领丁晓莫上。

丁晓莫:爷爷好……我还没换鞋呢!(转身要去换,被小芬拦住)

小芬:爷爷今天过生日!

丁晓莫:爷爷生日啊?(川普)爷爷生日快乐!

王保年:(看着一屋子年轻人,兴奋地笑着说道)让我看看……江山如此多娇啊!

丁小莫:啥子娇?

【门虚掩,张大妈上。

张大妈:呦,我说老王头啊,这是马大爷送你的寿字,都裱好了,让我给您送来,你看贴哪好啊?

王保年:好啊,就贴那儿吧,把寿桃摆好,咱们这就开始了。

张大妈:我去打卤。

【张大妈在厨房打卤,小菊带领大家上菜,小菊第一个把酒端上来。

小菊:我们一起,祝爷爷生日快乐,好不好?

众人:好,好,(用四川话一起)祝爷爷生日快乐!(大伙干杯)

王保年:怎么都是四川口啊?我这儿快成"川办"了!一个北京的也见不着!

【三儿子王延军一身戎装上,英武潇洒。

王延军:谁说没北京的?

小菊:延军哥哥回来了!

众保姆:你穿军装好帅哦!你长得怎么那么像那个电视剧明星……叫啥子……

王延军:你们别搞粉丝团那一套啊,糖衣炮弹在革命军人身上不起任何作用。(讨好地)爸,您说是吧?

王保年:你少贫!没正形!

王延军:那我现在就给您来正的——(立正)空降兵王延军,先以中国人民解放军的身份向老爸敬礼!

【王延军一个标准的军礼。

王延军:接下来我再以小儿子的身份向您祝寿。(拱手)祝您越活越年轻,一年更比一年俏!

【高亮闻声进门。

高亮:谁说话呢这是?想死我了!回来也不打声招呼?太不够哥们意思了吧?

【高亮和王延军以男孩子特有的方式一通拳脚、开逗寒暄。

【张大妈拌着馅儿也从厨房出来,险些被撞倒。

王延军:还敢不敢比了?100个俯卧撑一分钟之内算及格。

高亮:你老拿你强项对我弱项,你以为我傻呀?

张大妈:嘿,我就说延军这孩子招人稀罕!折跟头、扎猛子跟玩儿似的!这身体透着结实!延军啊,大妈可给你相好对象啦,你抽空一定见见,保你满意!

高亮:奶奶您别瞎掺和!我们这说正经的呢!

张大妈:你还有正经的?听着新鲜!

高亮:您赶紧进屋做饭去吧,回头人全来了您就来不及了,老是关键时刻掉链子……

张大妈:这孩子当着人还敢教训我,我抽你……

【高亮推搡着把张大妈弄进厨房。

高亮:哥们儿,说说! 快说说你又玩什么刺激的了?

小菊:哪里是玩哟,延军哥哥天天训练辛苦得很!

桂枝:我也想听!……延军哥哥是空降兵! 啧啧,就是007也比不过你帅气啊!

高亮:帅不帅那都在其次! 空降兵那才是纯爷们儿! 那得是超强的体魄和超一流的反应能力。

丁晓莫:那就是超人啊!

高亮:算你说对了! 我跟你们普及普及常识啊——你看人家延军这一天是怎么过的,每天必须完成8小时正常训练课目,除此之外,早上要进行5公里武装越野;上午开课前,双臂提重物绕营区跑两圈儿;中午拳术训练半小时,下午开课前,做俯卧撑150次,负重下蹲100次外加蛙跳300米;晚上睡觉前,头、肘、拳、腿各击沙袋50次,马步推砖100次,仰卧起坐50次……(朝王延军)我有什么落下的你来补充!

王延军:你说的比我做得好!

高亮:怎么你也得让我过过嘴瘾啊! 对对,还有最牛掰的,空降兵还要进行野战生存训练,要适应水上、森林、高原、海岛、丘陵……各种地形,跳下去没人帮着也能活!

小菊:亮亮,要是你和延军哥哥赛车,谁能赢呀?

高亮:你可真会问!人延军连飞机都会开,会跳5种机型、能在9种地形开双伞安全着陆!甭说开车了,人还精通各种武器,工兵、防化兵、通信兵、侦察兵会的他全会!这么说吧,人家练的目的就是要达到随时能飞、随处可降、降之能战、战之能胜!

【高亮说得兴奋,禁不住呛住咳嗽起来。

王延军:说渴了吧?小菊,给他倒杯水饮饮场!

高亮:做人要厚道!

王延军:既然你对我了解得那么清楚,就别老缠着我比这比那了,服软得了!

高亮:No! 各村有各村的高招儿,我的强项你还没见识过呢!

王延军:听着新鲜,你有强项吗?

高亮:挑衅是吧?今天正好是爷爷生日,我让你见识见识我的强项!(转对众保姆)各位姐姐妹妹给个面儿,咱轮流给老爷子演一台祝寿节目怎么样?你们几个从现在开始都是演员,我就是导演,小菊帮我张罗,我封你当个首席……剧务。

王延军:别忽悠人小菊了,我给你打下手!小菊你也准备啊,也得露一手!(朝众人)你们知道吗?小菊会唱京戏。

高亮:留着压轴,留着压轴!(对王延军)这你不懂了,大腕都得最后出场,这叫攒底。大腕出来之前且得热场子呢,我看看啊,(指桂枝)你适合干这活儿!来,站中间来!

【桂枝毫不怯场,站到中间。

高亮:唱念做打、说学逗唱,你会什么?

桂枝:我会……模仿秀!

高亮:好!就来这个!

桂枝:(摆好架势,用四川话)下蛋公鸡……

高亮:(打断)说普通话!

【众保姆应和。

桂枝:(再次起范儿)下蛋公鸡,公鸡中的战斗机,哦耶!

小芬:什么啊,下来下来,还不如小莫唱歌呢。(随即把丁小莫推上前去)

丁小莫:爷爷,我给你唱个家乡民歌好不好?

【大家起哄叫好。

丁小莫:(清清嗓子)我唱了!我家住在哟,天府之国,它的名字哟叫四川,四川的龙门阵,那个摆不完啰……四川的龙门阵,那个摆不完啰!我调子起高了。

小菊:爷爷来一个,好不好?

众保姆:爷爷来一个!爷爷来一个!

小菊:爷爷胡琴拉得好得很。

高亮:小菊,正好！爷爷伴奏,你来段京剧!

王延军:挑拿手的!

小菊:我唱得不好你们不要笑啊。

【王保年胡琴伴奏,小菊唱《苏三起解》。

众人:好听！拉得好!

桂枝:爷爷,你拉得太好了。(从爷爷手中拿过胡琴)

小菊:你可别摸坏了,这可是爷爷的宝贝。

桂枝:爷爷,我小的时候也学过琴,学过口琴,可我不是那块料,学不会！我的理想是……

【电话铃响,小菊接。

【张大妈端菜出来,坐下。

【高亮和王延军在一旁切磋男孩子感兴趣的事情。

小菊:爷爷,路石叔叔电话。

王保年:(走过去,对着话筒)路石啊,还没完啊？都快两点了！那我们不等你了,先吃了,你快点过来啊。(挂)桂枝,你接着说。

桂枝:我从小的理想就是考上大学,来北京！爷爷,您晓不晓得,我去年考大学就差几分,要不然我现在已经是大二的大学生了!

小芬:大二,小二吧你！爷爷,我陪你喝酒。

桂枝：你听我说嘛，自从我高考落榜，我的人生轨迹就来了个急转弯，我当保姆也是为了供弟弟上学，我弟弟聪明得很，老能考高分，他将来肯定有出息。总有一天，我还要去考大学，我的理想是，在大公司，有落地窗，吹空调，当白领！

小芬：你还当白领呢，你当个保姆都当不好，你还当白领呢。

桂枝：那不是因为我有追求吗！

小芬：啥子追求？

桂枝：高追求！你不懂！爷爷，我要是在你家当保姆，肯定能超过七天！

王保年：就七天哪？

小芬：(嘲笑地)二不二啊？

桂枝：那你呢？

小芬：我没有你那些高追求，我就想当小保姆，挣够了钱，找一个好老公结婚。我跟你们说，我姐跟我正相反，我姐是打死也不结婚，哪个给她提亲她跟哪个急。

桂枝：我就是搞不懂，你说你姐这么大了怎么连个男朋友都没有呢，她是不是有什么心理疾病啊？

丁小莫：你不要乱说。

小芬：你懂什么，她是不想受那个罪！你看我妈妈，虽然结了婚，到最后也是一个人过，所以她早打好主意了,这辈子不谈恋爱,不结婚,不生孩子,一个人自由自在,想怎么过就怎么过!

桂枝:她这叫吃不着葡萄就说葡萄酸。

丁小莫:你才是吃不着葡萄。

小菊:你们羞不羞啊,没娃娃哪里知道有娃娃的好啊?

丁小莫:(对小芬)就是,你也给我生个娃娃。

【小芬害羞地推了一把小莫,正好推到爷爷跟前。

王保年:(对小芬)你这个小朋友是送水的?

丁晓莫:是,这片儿小区的水都是我送的,爷爷,这是我名片,张大妈您也来一张。爷爷,上面是我的小灵通号码,下面也是我的小灵通号码,以后您家要是缺水,给我打小灵通,我随叫随到。

【王保年乐了。

丁晓莫:爷爷,你不知道,我是跟小芬从四川私奔出来的。

王保年:私奔啊?

丁小莫:哦!

小芬:谁跟你私奔哪?你是死皮赖脸追到北京来的。

丁晓莫:你羞不羞啊,我哪是死皮赖脸地追你嘛,明明是你先跑的。

小芬:那还不是你们家给逼的,不同意就不同意吧,你爸爸妈妈说话好难听啊!

丁晓莫:你不要乱说,你知不知道,我为了跟你好,我爸我妈都不理我了。

小芬:就你跟你们家亲,你们家什么都有。你们家有钱,我们家穷,你们家还有小工厂,我们家什么都没有。我就是要出来挣钱,挣好多钱!

丁小莫:钱、钱、钱,你脑袋里就晓得钱。

小芬:我就晓得钱,谁让你们看不起我呢。

丁小莫:我哪个瞧不起嘛?

小芬:你就是瞧不起我。

丁小莫:我瞧不起你跑这来干吗?

小芬:我哪晓得你来北京干吗。

丁小莫:你不晓得?

小芬:我不晓得。

丁小莫:(朝众人委屈地)她不晓得……因为我爱你嘛!

【大家起哄:他爱你嘛!

【娟子扶马芸上。大家簇拥上来,大驾光临的感觉。

小菊:爷爷,马芸阿姨来了!

王保年:哎哟我大孙子来了……噢,对了,还有孙子他妈!

马芸:(摸着肚子)宝贝儿,你看你爷爷呀,你还没出来呢,你爷爷就看不见我了。

王保年:挑理儿了,快坐下。

娟子:爷爷好,祝爷爷生日快乐!

王保年:谢谢我大孙子!延军,你快张罗张罗,看看你嫂子想吃点什么?

【在场人和小保姆送水果、倒水、搬凳子架腿诸如此类一通忙活。

【马芸也立刻摆出"太后"架势。

马芸:渴!

小芬:(端水)阿姨,橘子汁!

马芸:防腐剂!

王延军:快、快!冰箱里有新鲜的!

娟子:不用,不用,我们带了。

马芸:待会儿,毛巾!

【娟子送上热毛巾。

马芸:哎哟烫!

【娟子连忙吹着毛巾。

马芸:我现在不能再受伤了,爸,我现在真的不能再受伤了!

王保年:说的是!你现在要处处小心,你要是站着,小心别把孩子抻着;你要坐着,也慢点别把孩子蹾着。

马芸:可不是嘛!您说我容易嘛,不能老躺着也不能老站着,不能饿着也不能撑着。

王延军:对对,嫂子太不容易了,你现在就得是熊猫那待遇……比熊猫还宝贝!

马芸:(白了王延军一眼)爸,您不会觉得我事儿多吧?我这不是为了您的大孙子嘛。

王延军:(抢着打哈哈)理解万岁,理解万岁。嫂子,你饿了吧?尝尝这个?

马芸:(瞧一眼端到面前的菜,反胃)呦,什么味儿啊?

王保年:赶紧的!送她到那边儿歇着去!

【小芬和娟子把马芸扶在沙发上坐稳当。

【敲门声。小菊以为是王路石,连忙开门。

【江总和杨滨提着大小点心匣子及礼品上。

江总:老爷子,给您祝寿,祝您老生日快乐,身体健康!

王保年:嘿,这事儿还越办越大了,你们怎么都上这来了?

江总:孝敬您老,是我们的一大幸福!您硬朗的,等您90岁、100岁的时候,我给您大办!您可一定得给我这机会啊!

王保年:你说你打小就耍贫嘴,长这么大了,也没个正形!

江总：我这叫禀性难移！

王保年：这位是……

杨滨：我叫杨滨。老爷子，您不认识我，我可认识您。我跟路石是铁哥们，路石是您儿子，那我也就是您儿子，路石没来，我来了，就跟路石回来是一样的，晚辈给您磕头了。

王保年：呦，现在可不兴这老理儿了。

杨滨：老爷子，这是孝敬您的。（往老爷子兜里塞红包）

【王延信上。

延信：爸，我回来了。

王保年：李雪呢？

延信：本来我俩一块儿，刚要出来，又来了个急诊病人，她又上台子了。不过爸您别怕，我身上没药味，洗过澡来的。

【杨滨和江总给延信让座。

【延信和马芸、王延军打招呼。

马芸：这王路石怎么还不来啊？快打电话！

【娟子忙抓起座机拨号，将话筒递给马芸。

马芸：王路石，我说你是怎么回事啊？大家都来了就缺你一个。我挺个大肚子我容易吗？我在楼下等你半天了，这到底是你爸过生日还是我爸过生日啊？

【王路石接着电话进门，一手提着一个礼品袋。

王路石:我来了,我来了,这么多人?爸,对不住,我来晚了。

马芸:(嗔怪地)你怎么才来呀?

王路石:(回头对着江总和杨滨)你们俩怎么来了?

杨滨:你老爷子就是我老爷子……

王路石:(打岔)爸,这衣服穿着真合适,还是马芸眼力好。

杨滨:路石,我跟你说,现在原材料都涨价了……

王路石:有事去我公司谈!(朝王延信)嘿,行啊你们俩,都赶我前头了?

王延军:罚酒罚酒!

王延信:罚三杯!

王路石:来啊,谁怕谁呀?倒酒!

【王延军给大哥斟酒。

王路石:爸,祝您生日快乐!

【王路石一仰头喝完第一杯,大家起哄。

王路石:倒上!

【再斟第二杯。

王路石:第二杯祝您健康长寿!

【再次一饮而尽。又倒上第三杯。

王路石:这第三杯,敬大伙儿,感谢大家来给老爷子祝寿。

【王路石喝完第三杯,大家起哄。

【王路石一个趔趄,险些摔倒。

王路石:哎?怎么酒刚下肚就有点晕呀?

马芸:(一捂肚子)哎哟,我肚子……我肚子疼!

桂枝:快看!灯在晃!(冲到台中)

娟子和小芬:是在晃。

王保年:地震!

众人惊讶:啥子?

王保年:是地震!

【画外音:2008年5月12日14时28分,中国四川省发生里氏8.0级强烈地震,全国大半地区有明显震感,震中位于阿坝州汶川县……

【各种电台播报的新闻。

【音乐起。

【众人在极度紧张的情绪中目视前方。

【川籍人物径直往前走,站定。前方仿佛就是汶川废墟。

【地震时建筑物坍塌的音效渐大,音乐声减小。

【此时四川人站在最前排,北京人随后,大家散布在舞台上。

【切光。

第二幕

第一场　王路石家

【震后。

【这是高档住宅区的一户人家客厅。

【一边是转角沙发,另一边是餐桌。

【电视开着,不断滚动播放着有关地震的消息和新闻。

【小芬和丁小莫、娟子、马芸在轮流打电话。停下的时候,大家的注意力全在电视上。

小芬:不通,还是打不通!

丁小莫:再打手机!

娟子:是不通啊!

马芸:娟子,再给你同学打,看有没有住得离安县近的……

娟子：马芸阿姨，都是长途，打了十多个了……电话费太贵了……

马芸：傻孩子，现在都什么时候了，现在是人命关天，敞开了打！赶快打！

丁小莫：阿姨，现在那边手机打不通！

小芬：我心里发紧，像猫抓了一样！……妈，你在哪儿啊？

马芸：小芬，别急！娟子，快给路石叔叔打电话，看他联系上没有。

【娟子给王路石拨电话。

娟子：阿姨，路石叔叔手机占线。

马芸：怎么老占线，娟子，把那张单子给我，我再打一个试试……

【丁小莫坐在椅子上盯着电视，小芬在电视周围来回走。

丁小莫：你不要在我眼前晃，我脑袋都晕了，你别着急，有那么多解放军，你妈妈一定没事的。

【小芬绝望地哭了起来。

小芬：不行，姐，我要回四川，我要找我妈，（拉丁小莫）你现在就去车站买票！我要回去！我要回去！

丁小莫：你现在回不去嘛，你看看，（把她拉到电视前）装备这么先进的救援队都进不去，到处是塌方，还有余震，回不去嘛。

小芬:(带着哭腔)丁小莫,你这人怎么这样啊?现在家里出大事了,你还一点不着急。你根本就是个冷血动物!

丁小莫:我就是冷血动物也不让你回去。(朝马芸)马阿姨,刚才电视上都说了,6公里的路,救援队走了42个小时!(朝娟子)姐,你也劝劝她嘛,小芬那个体力,没到成都就得成伤员!

娟子:就是嘛,小芬,不要闹了。

小芬:我不听,我不听!我要回四川,我要找我妈!

丁小莫:我今天就是不让你回去。

小芬:(哭腔)姐,你说咱妈是死了,还是活着呢?

马芸:小芬别胡说,你妈不会有事的,你妈要是看见你这样也心疼,再说了你路石叔叔一直打听消息呢,一有信儿就马上知道了。

【桂枝上。

丁小莫:桂枝?你怎么跑这里来了?

桂枝:我实在是没有地方去……(沮丧地)怎么办啊?我们家谁都联系不上,一点消息都没有,急都急死了。塌了那么多房子,还有学校,我真不知道我弟弟怎么样,他要是出什么事情,我都不敢想下去了……

丁小莫:(看着电视)马阿姨,快看,又救出一个学生……桂枝,看看是不是你弟弟的学校。

桂枝:不是。这个孩子救出来还活着,命真大哟!

【杨滨和江总同上。

马芸:(不悦地)你们怎么来了?都什么时候了还追过来做生意?找王路石去他公司,家里概不办公。

杨滨:嫂子,您别误会,是路石约我们来的。

马芸:哦,那我叫他。(朝楼上)路石,杨滨他们来了!

江总:嫂子,我可听说了,路石捐了300万!你们两口子真行!

马芸:应该的。

杨滨:电视里播的那些事真是太感人了,这就是战场啊!在这种时候,是爷们儿就得往上冲!

江总:这几天我都不敢看电视,一看就哭。昨天,从废墟里挖出来一对情侣,俩人紧紧抱在一起,救援队想把这对年轻人分开,可怎么都分不开,真是生死不离啊!还有一个小男孩,刚从废墟里跑出来,又转身去救自己的小伙伴,大人问他,说你不怕吗?他说,我是班长!这个孩子,一共救出了三个同伴……

【桂枝盯着电视,读出声来。

【灯光变化。

【桂枝边背诵边向台前走去,站在台前的绿地上。

生死不离

生死不离
你的梦落在哪里
想着生活继续,天空失去美丽
我却等待梦在明天站起
你的呼喊就刻在我的血液里

生死不离
生死不离
我数秒等你消息
相信生命不息
与你祈祷一起呼吸
我看不到你却牵挂在心里
你的目光是我全部意义

【此刻直升机螺旋桨声大作,同时伴有音乐。仿佛眼前就是震区。

生死不离
生死不离
无论你在哪里
我都要找到你

【四川的几个小伙伴拥抱在一起。

【少顷。王路石上。

王路石：娟子、小芬，知道我给你们带来什么消息了吗？你们的妈联系上了！

娟子和小芬：是真的吗？（喜极、拥抱）

杨滨：路石，你简直神了。

王路石：不是我神，我在四川工作时的一个朋友在救灾指挥部，我托他打听的，（对娟子和小芬）你们家在重灾区，山路塌方，外面的人进不去，里面的人出不来，所有消息都是解放军的直升机从里面递条子带出来的，你们的妈是这么写的——双水村，她有两个女儿，都在北京打工。大的叫罗惠娟……

娟子：是我，是我！

王路石：小的叫罗爱芬……

小芬：是我，是我！

王路石：一点儿错没有吧？你看你们两个，一个哭一个笑的。

【小芬和娟子万分感激给王路石鞠躬：谢谢路石叔叔。

【小莫和桂枝在一旁难过。

王路石：别着急，咱们一家一家找，都会找到的！

娟子：叔叔吃点东西吧。

王路石：好。（朝杨滨）我说，咱们仨那点事就拉倒吧，咱得合伙干件大事儿！

杨滨:让我猜猜——捐帐篷!

王路石:对了。

江总:你不是都捐了300万嘛,还捐?

王路石:现在那边正缺咱们生产的露营帐篷呢,刚地震就下大雨,你没看电视里那些人到现在都淋着雨没地方住呢。

江总:(朝杨滨)这么着,我按原价给你供料。

杨滨:不用!我自己贴钱,按现价进你的料加工!

王路石:行了,什么原价、现价,我现价全款支付,你说用最快速度把帐篷做出来,几天能完工?

杨滨:不瞒你说,我已经加班加点开工了,再有两天能做出1万顶帐篷。

王路石:好!咱就说定了,帐篷做好就连夜装车,我联系志愿者车友队,第一时间送往灾区!

杨滨:就这么定了!我亲自押车去灾区。我就不信,我跟地震死磕了!

【娟子从厨房端饭出来。

娟子:路石叔叔吃点东西吧。

王路石:今天一大早就出去忙活,一口饭没吃呢。

杨滨:我也饿了,带我一个。

王路石:你还真不把自己当外人。

杨滨:这一地震,都是一家子了,咱也就别分你我了。

王路石：来来，尝尝我们家娟子的手艺。

【王路石和杨滨、江总三人落座吃饭。

【桂枝悄悄靠近，小心翼翼又可怜巴巴地：

桂枝：路石叔叔。

王路石：你是……

桂枝：我是桂枝，我想请你也帮着找找我们家人吧，我妈我爸还有我弟弟……

江总：你家也在重灾区呀？

【桂枝眼圈一红。

桂枝：电视上报了，我弟弟那学校，房子塌了一多半儿……

王路石：你别难受，把你们家地址和家里人名字都写清楚，叔叔帮你们找。你们几个四川来的小姐妹还有谁家没联系上，也都把地址写清楚。

【娟子拿来准备好的一沓纸条。

杨滨：也给我一份，我过两天也去灾区，我帮你打听着。

桂枝：谢谢叔叔！

【桂枝登记上自己家人姓名。

娟子：路石叔叔，小菊她们家也在重灾区，她妈和她儿子豆豆都一直没信儿呢……

王路石：对对，我都忙晕了，还有小菊呢。（接过那张单子仔细辨认）小菊大名叫陈小菊，她妈叫苏——

这什么字?

娟子:她妈妈叫苏莹。

王路石:苏莹?她们家在……

娟子:安县。

王路石:安县?

【收光。

第二场　王保年家

【当天。

【小菊闷头用力拖着地,王保年从外面买东西回来。

【小菊没说话,接过东西,接着擦地。

【王保年心里也沉沉的,与小菊之间互相掩饰,互相安慰。

王保年:我又跑了两家,现在的人都是怎么了?还抢购,我就想买个手摇发电机,也不知道是谁,都给包圆了。

【小菊不语,拧开爷爷的药瓶盖,递到爷爷手里。

王保年:(终于忍不住打破沉默)小菊,那地不脏,你今天早上刚擦过了……

【小菊机械地收了拖把,又开始叠被单。

王保年:那被子冬天才用呢,你现在拆它干吗?

【小菊依旧只是干活。

王保年:小菊,跟我说句话好不好?别什么都闷在心里……

【小菊依旧低着头。

小菊:现在这会儿,该是吃饭的时候了,也不知道妈妈和豆豆吃了没有,他们有没有地方吃饭。

【王保年坐下。

王保年:是啊,也不知道延军他们到没到地方,电视上说那边天气一直不好……

小菊:爷爷,延军哥哥走的时候都没来得及回家说一声,我知道你心里也不好受……

王保年:我没事儿!我给你路石叔叔和延信叔叔都打电话了,让他们能过来就过来,一块儿帮着想办法。

小菊:延信叔叔也要去灾区吗?

王保年:是啊,电话里说是今天晚上就走……

小菊:都走那么急,一定是那边儿很严重了……

王保年:(宽慰地)你看电视上不都说了吗,解放军都去了,你总得相信你延军哥哥吧,你看电视上报的,一天的工夫救出不少人来,延信他们的医疗队也马上去救援……也不知道那边余震厉害不厉害……(透着担心,安慰小菊也安慰自己)小菊啊,没消息就是有希望……

小菊:您也别太担心……(失神地自语)怎么就

震在四川了？还偏偏让我们赶上了……

王保年：人一辈子，说长挺长，说短也挺短。好多事都没法预料，你就说我，三回大地震全让我赶上了！1966年邢台地震，我去参加抢险，我亲眼看见灾区的人坚强啊，没几年邢台重建得多好啊！1976年唐山大地震，没让我去，我就去献血，一天献了两次，那时候身体好啊！可这次你家乡地震，我力不从心了，可我总得干点什么啊……

【门铃声。小菊开门。王延信上。

王延信：爸！

王保年：李雪已经去灾区啦？

王延信：啊，地震当天就走了，连家都没回。她是第一批救援队的，我是第二批，今天晚上就出发。

王保年：你们俩没在一块儿呀？

王延信：不在，但是离得不远，兴许能碰上。

王保年：李雪体质弱，你们俩还不在一块儿，万一要是……

王延信：其实我也挺担心的，不过还有医院同事呢，我也会跟三弟联系，大家会互相照应的。

王保年：得多加小心，那边老有余震，我在邢台见过，一个余震把救援的人都给埋底下了，我真是怕……

王延信：危险肯定危险，不过您放心，我们会加倍小心的。

王保年：爸爸老了，禁不住事儿了，你们两口子都这岁数了也没个孩子，你们俩是怎么想的？

王延信：爸，瞧您这话问的，我们俩还年轻，要个孩子，多简单的事啊，要不然今天咱爷俩就定下，年底，我跟李雪就让您听喜信儿！（小菊给延信送水，然后去厨房）

王保年：什么时候了还跟我打镲！

王延信：爸，我不是打镲，我知道，我呢，老大不小了，整日在医院里忙着给别人接胳膊接腿的，自己家里没顾着接上香火。老话不是说，不孝有三，无后为大！本来李雪跟我真商量好了今年要孩子，可没想到啊，地震搅和进来、横插一脚……好在我大嫂怀着孕呢，咱王家的香火能续上了，我跟延军都没压力了。

王保年：他是他，你是你！好好的说这个干什么？你得全须全尾儿地给我回来！听清了没有？

王延信：听清了！全须全尾儿地回来！

王保年：你去了，得抽空照看着李雪，还有你弟弟的消息也帮着打听着！

王延信：哎，我记住了。

王保年：小菊，去把那小箱子拿过来，你把这个带上。

【小菊拿来一个行李箱。

王延信:(查看)哎哟,真全乎。蚊不叮、脚气水、皮炎宁……还有应急灯哪!爸,您这是装备野战军哪?

王保年:你以为呢?你这次去就是打仗!

王延信:那也用不了一箱子啊!再说医院都准备了。

王保年:谁给你一人用啊,还有你那些战友呢!当然最好是用不着,你就给当地老百姓了。

小菊:爷爷跑了好几家店才买全了这些东西,你就带上嘛。

【小菊使眼色,延信明白,点头应着。

王保年:(拿出一沓卡片)这件事你一定要挂在心上,这是小菊家的地址,在安县,她妈妈叫苏莹,他儿子叫豆豆,三岁,这儿有电话号码,一直打不通。这些你都带上,谁要是往安县走,你就给他这个,让他找,你收好了。

王延信:(收好纸条)没问题。小菊,你别太担心了,我们医疗救助队的活动范围大,兴许很快会有消息的。

小菊:给你们添麻烦了。

王延信:这会儿了就别客气了!爸,这是我们家门钥匙,李雪走得急,都没顾上带,我怕李雪先回来,进不了门,小菊,你抽空帮我给花浇浇水,你李雪阿姨养的那盆米兰马上就要开花了……

【王保年手里拿着钥匙,愣住。

王延信:(拿起药箱)爸,那我走了。

王保年:延信!(停顿)……你回来。

王延信:(停顿)爸,等我回来。

【延信下。王保年把钥匙拿在手里。

【压光。王保年追光。

【直升机的音效。

【上场口的乐池平台起。

【空军执行任务对讲时的军用音效。

【王延军着跳伞装束上。

【父子进入时空对话。

王保年:三儿,三儿!

王延军:爸。

王保年:你到了吗?

王延军:到了。

王保年:下面到底什么样啊? 你看得见吗?

王延军:看不清,白茫茫的一片,都是雾……

王保年:那你们……

王延军:那我们也得跳下去,下面就是养我们的父母。

王保年:你可给我当心……

王延军:爸,您放心,咱们老王家命硬,我不会给您丢脸的!

王保年:爸在家等你,三儿……

王延军:我一准儿回来!您放心!

王保年:一准儿回来……

【王延军隐去。

【乐池平台降。

【光起。

小菊:爷爷,亮亮来了。(见老爷子愣神)您怎么了?

王保年:(掩饰地)没什么……

高亮:(对王保年)爷爷,小菊!我奶奶这几天恐怕得托你们照应一下!

小菊:(看见高亮胳膊上的棉球)你又去献血了?

高亮:怎么商量也不让我一天献两回!我说我年轻,血多!我一边抽着血,一边想着诗,还别说,这灵感还真就来了,爷爷,你们听听这首:

流吧,

血,你缓缓地流吧,

让我们把血管接通,让全中国人把血管接通

什么 A 型、B 型、AB 型、RH 阴性

此时只有一个血型,那就是中国! China!

抽吧,你就大管大管地抽吧

抽出去的不是血

是我的爱和忠诚!

震吧,大地你歇斯底里地战栗吧,
即使山移位,水倒流,
就是把我震成恐龙,回到史前,
我也跟你磕了!我跟你死磕!

王保年:我全懂了!

高亮:我已经把我这地震组诗全贴博客上了,点击量立马就翻番,网友狂顶我。

【高亮把小菊拉到一边。

高亮:小菊,火车票给你买好了。

小菊:谢谢,我给你钱……

高亮:什么时候了还提这个!延军都冲到前边去了,这把我可绝对不能输给他,我也得马上行动。

小菊:(使眼色想让高亮住嘴)你就别再让张大妈着急了!你不是都抽血了吗?

高亮:我那点血算什么呀?你看人家延军多牛啊!招呼都没顾上跟家里打一个就上前线去了。知道常规的空降场地是多大吗?长3000米,宽2000米,可是延军脚底下,最大的空地还没一足球场大!

小菊:(见王保年神色紧张故意打岔)哎,你快别说了张大妈刚还找你呢!

高亮：我还没说完呢……最不利的是空中没有气象资料，地面没有指挥系统，风速高，云层又低又厚，空降难度太大……

王保年：那就没办法帮帮他们啦？

高亮：这就全看平时技术啦，延军牛就牛在这儿了。他跟我说过，碰见这种极端恶劣的条件，他们会找云层的缝隙实施空降，那就得眼疾腿快，看准了一猛子就得下去不能犹豫，机不可失，失不再来……再有，那就得看运气了……

【王保年紧张地捂住胸口。

【小菊忙叫高亮住嘴，过去照看爷爷。

【张大妈闻声进门。

【张大妈拿着盒牛奶上。

张大妈：哎哟我的小祖宗，胡呲什么呀？你快别撒欢了省点儿劲吧，要知道你抽了那么多的血，你倒是拉着我一块儿去啊！咱们祖孙俩一人献一份那多好，我去不了灾区，我还不该献点血啊？

高亮：得了奶奶，谁敢抽您的血呀，抽完了您再抽抽了，人家还得抢救您，您这不是添乱吗？

张大妈：抽、抽、抽，我抽你！过来，把这牛奶给我喝了！

高亮：刚不都喝了吗？

张大妈：听话！再喝！

高亮:得,再喝我真成奶牛了。

张大妈:哎,我问你,楼底下那几辆车都是你那俱乐部的吧?

高亮:没错!奶奶,这回我是真出发了。不去新疆,直奔四川。我要到灾区、我要去最前线,去给我的人生重新确立一个坐标,关键时刻我得向我哥们儿延军看齐呀,这把我可不能输了。

张大妈:你要从哪儿往下跳啊?

高亮:我不比高度,我比速度。

王保年:那儿还有余震呢!可危险!

高亮:危险?不危险还不去呢!再说了,人的生命只有在最危险的时候才能光荣绽放。爷爷奶奶小菊,你们保重吧,我走了,你们等我胜利归来吧!我与四川人民同在!

【高亮下。

张大妈:亮亮,慢着点儿!这孩子我可管不了了,等着让他将来的"雪莲"收拾他吧!哎,老王头,你捐的款我已经给你送上去了,这是收据,你收好喽。

【小菊替王保年收好收据。

王保年:你说我要是年轻10岁该多好!我也冲上去了,省得在家干着急。

张大妈:你呀,也是不服老,有孩子们替你呢,要说你这几个儿子真是个个争气。就说延军吧,几千个人里挑一百个,一百个里再挑十五个,咱延军硬是被选中了。

【小菊在一旁一直察言观色,实在忍不住捅了张大妈一下。

张大妈:啊,我的意思是啊,这样的小伙子怎么能不招姑娘稀罕哪? 我已经都替延军相好啦,那也是百里挑一的姑娘,要模样有模样,要心灵有心灵,身体还结实,保管过门没两年,就给你们老王家添丁进口! 你就等着抱孙子吧!

【王保年心绪不宁,有些听不下去,打岔。

王保年:张大妈,我刚听楼下吵吵嚷嚷的干吗呢?

张大妈:那是街道里年轻力壮的去车站当志愿者,帮着装运物资去了。

王保年:四川地震,北京人也都动起来了。

张大妈:对了,我刚在楼下看见你家延信了,他说他也参加了医疗队,要去灾区救人呢。

王保年:是啊,今天晚上就走,说是在汶川附近……

张大妈:哎哟,那可是地震中心啊! 路都还没打通哪! 说那边山都变形了,削下去一半。

王保年:可不是,李雪先去了,到了以后只来过一次电话,说是一天睡不了一会儿,拼着命地在那救人呢!

张大妈:你就说那些当兵的,还有那些大夫真是太了不起了,把命都豁上了!

王保年:要不灾区老百姓都说呢,说只要看见绿军装和白大褂,那就算有救了。(感慨地)大灾大难见人心哪!

张大妈:我要是小几岁,我也去当志愿者了。(对小菊)闺女,不用怕,有大家伙呢!人人伸把手,多难的事都能迈过去。走,到我家去,我特意给你做的水煮鱼,准合你这川妹子的胃口。

小菊:张大妈我不去了,我吃不下,爷爷吃吧……

王保年:辣的我吃不了,你跟奶奶去吧,她两天没吃饭了。

【张大妈硬拉着小菊出门。

【王保年又看了看王延信留下的钥匙,踱了几步,打开电视。

【电视里正播放有关灾区的最新消息。

【王保年心绪烦乱看不下去,又踱了几步,终于拿起电话。

【王路石进门。

王路石:爸,您甭打,我到了。

王保年:(沉吟着)空啊,这屋里、心里,空荡荡的,都走了。

王路石:爸,有我在。

王保年:知道,我知道。

王路石:爸,小菊呢?

王保年:(关电视)去她张奶奶家了。你找她有事儿?

王路石:哦,我……

【一阵沉默。

王保年:我在电视上看见了,你捐了300万。

王路石:这次地震灾情太重,谁看了心里都堵得慌……

王保年:300万!我知道这对你可不是个小数了,这些钞票一张接一张地铺开,能搭起一座桥了吧?你站在河这头,想过桥,走到河那头去,是不是?

王路石:只有您明白我……

王保年:走得过去吗?

王路石摇头:离对岸更远了。

王保年:我知道你心里的那点儿事,你这儿(指心窝)才是重灾区呀!

王路石:在人前,我多横,那是虚的,自己心里那点儿事捯不清,不是不想,是不敢。每天忙,这样自己就可以没时间看自己、想自己,光剩下别人看我。我怕看见自己,看不了自己,看不起自己,可这回,不想看也得看,不敢看也得看,还得看得真真切切、明明白白、清清楚楚。

【王路石深吸了一口气。

王路石:我爱她,揪心揪肺地爱她。可我也有男人那股子气,我是男人,我不服、不认。我要回北京,干大事,就是您说的干这一辈子回头能想起来的事。机会来了,我能回北京了,可我离不开我心里装着的那个她,一步三回头,最后一咬牙,回了北京。我的事是成了,可心里头像是死了。我想像个人,像个我心里想的男人那样儿,站在她的面前,告诉她,我成了!可是我再也没法回去了。那些日子您也数落我,说我没人味。我不光没人味,我觉得什么味都没了,我都不明白我是为了什么这么干。曾经想着成事儿的那股神气,那股气,在哪儿呢?忽然有一天,我想,我想要回去,我要去找她。我给她写了很多信,她只回了一封,告诉我她已经结婚了。回不去了,我哪都去不了。慢慢的日子像树叶,一层层地落下来盖在上面,时间像沙子、石头压在上头,好像盖上了,长上了,没了,我也以为就这么没了,这辈子就这么着了。等我老了,记不起事儿了,我就解放了!(大停顿)地震,干吗要地震呀?这一震把地都震开了,把什么都震开了、裂了、都裂了,我的心又裂开了,那真的……活着的,没死,从那裂缝中流出来了,它清凉凉的。爸,活着,是这样吗?啊?爸,你心里头也这么撕吧着过吗?

王保年:唉,过日子,就是活这点心,心血、心气,按你们的新说法叫心情。好心情,得有好事儿勾着。哪有那么多好事啊?天大的好事都不一定能让你有个好心情,芝麻大点儿的破事就兴许让你心里头堵一辈子。说这叫心眼小,小心眼。心眼要是大了,还叫心眼吗?那是下水道。你难,我知道你这会儿比当年还难。路石,人活一辈子不易呀!

王路石:知子莫若父!

【一阵沉默。

王保年:刚才延信来过了,说今天晚上就出发去灾区……

王路石:他给我打过电话了。

王保年:他们两口子还不在一块儿……我大概是老了,从你妈走了以后,我好像就变了……

王路石:爸,您这是挂念他。

王保年:你说,他临走把家门钥匙给我了,我心里咯噔一下,我真怕他出什么事。

王路石:您是舍不得……

【王保年惊诧地看着他。

王路石:爸,我知道您的心思,二弟和三弟现在都在前边……其实这么多年了,您对我和弟弟什么时候都是一样的,有时候妈妈还偏向我,可我知道我代替不了弟弟。您和妈养育了我50年,有些事说开了也没什么。

王保年:你要说什么?

王路石:他俩是亲生的,我不是!

【王保年吃惊。

王保年：你怎么知道的？

王路石：爸，您藏着的那个小木盒子我打开过，我没跟您说。这么多年我也在想您为什么不告诉我呢？其实我妈走的时候，我就想问您！可那时候您正伤心，我怕您身体受不了。要不是地震了，延信和延军都上四川了，您挂念他俩，我也不会说。爸，我只想知道，您是怎么把我捡来的？

王保年：（缓缓地）那也是闹灾荒的时候，快过年了，一天晚上，吃完晚饭，就听着门外有孩子的哭声，我打开门一看，一个包放在台阶上，那包里就是你，我怕把你冻坏了，赶紧把你抱回屋里……这一抱，我就抱了你50年。那包里有一把钢镚儿，还有一个布条，布条上写着——

王路石：（背诵）没粮食了，实在养不活，好心人帮着养大吧。就这些钱了。

王保年：我和你妈望着这把钢镚儿发愣，你妈说要不孩子小名就叫镚镚吧，大名就叫路石……（停顿）你刚才说你弟弟是我亲生的你不是，你真是戳到我心窝里去了。我是想，延信他们两口子也没个孩子，延军还是个毛头小子，万一出点什么事，王家的香火就断了。可延信说还有我大哥呢，大嫂怀着孕，王家的香火续上了，他没压力了。我顺嘴说了句，他是他，你是你！我这是怎么了？这两天,小菊为找她妈妈和她孩子,心里苦啊！我跟她说,万一有个三长两短,这儿就是你的家。我想我说的是我的真心话,可是让你刚才这么一说,我真是愧得慌。什么亲的,不亲的,在我心里还是隔着一层什么呢！你说这些日子,咱全中国的上上下下、解放军、老百姓,对四川的支援那是舍生忘死、全心全意,哪儿有一点隔阂呀！灾难,让素不相识的人变成了一家子,还是共患难的一家子！路石呀,咱们这一家子就是这样的！刚才亮亮念了他献血的时候做的一首诗,他说没有什么 A 型、B 型、AB 型,现在全中国就一个型——China！真好！

王路石:爸,您这番话把我心里说得见着亮了！我们三个合伙人已经计了,我们马上把刚做好的帐篷送往灾区,我亲自带队。

王保年:怎么你也去？

王路石:我去,于公于私我都要去！我要找着她！

王保年:我懂,你该去。你把这个带上。(递过纸条)这是小菊家的地址,在安县。她妈妈叫苏莹,儿子叫豆豆,3 岁,这里有电话,可就是打不通。你带上,到时给找找,你的朋友要是去安县,也给他们几张,都帮忙找找。

【王路石怔住。

王路石:爸,小菊的妈叫苏莹！

王保年:是啊,怎么了?

王路石:您还记得莹莹吗?

王保年:(惊讶地)就是你在四川认识的那个?

王路石:我不知道是不是重名。刚才我来就是想跟您说这个事儿的,地址写的她在安县,可我当年是在秀山。

王保年:小菊提到过秀山,太巧了!不会这么巧吧?

【切光。

第三场　绿地一角

【当天,极静的夜晚。

【小菊独自坐在绿地的石凳上。手里拿着那张火车票。

【王路石慢慢地走上前去,和小菊并排坐下。

王路石:小菊。

小菊:爷爷是不是在找我?

王路石:爷爷没找你。大伙知道你现在很难,有什么事跟我说,看我能怎么帮你。

小菊:叔叔,我真不晓得要怎么办,我想回家,想去找豆豆和妈妈。火车票我已经托高亮买好了,但是电视上说我们那个地方的房子几乎震垮了,都没了,还能不能找到他们?上哪儿去找他们?还有,我回去了爷爷怎么办?谁来照顾爷爷?

王路石:小菊,你现在就别操心这个了。哎,你今年是24岁了吧?

小菊:对呀,我告诉过您呀?

王路石:哦,我忙晕了,忘了。噢,对了,我忘了告诉你,娟子、小芬的妈已经联系上了,家里还挺好。

小菊:真的呀?太好了!

【又是沉默。

王路石:你别着急,(从兜里掏出纸条)你们家的地址和你妈妈的名字,爷爷已经给我了,别难过,你妈妈和孩子会有消息的。小菊,跟我说说你妈妈,她是做什么的?

小菊:妈妈很能干。

王路石:(自语地)她是一个能干的女人……那你爸爸,对你挺好的?

小菊:挺好的,把我妈照顾得也挺好的。可惜爸爸得了重病,治了一年多都没治好。为了给爸爸治病,家里欠了很多钱。妈妈一狠心,把工作给辞了,自己开了一个小商店,赚钱给爸爸治病,供我上学。后来爸爸的病还是没治好,妈妈却累病了。爸爸去世以后,我就一个人来北京干活了……

王路石:你们家一直在安县?

小菊:不是,妈妈年轻的时候一直在秀山,后来结婚以后才到了安县。妈妈可会唱歌了,唱的山歌可好听了。我妈妈长得很好看,皮肤很白,头发也很黑,到现在她都没有几根白头发。

王路石:她是不是爱用米醋洗头发?

小菊:对,我们那边的好多女人都用米醋洗头发。您怎么知道的?

王路石:小菊,我年轻的时候在秀山待过很长一段时间。秀山,就因为那地方太美了才叫秀山的。一层一层的山啊,小菊你是知道的,下过雨后,山洼洼里升腾起的云雾把山都隔开了,往哪看都像画啊。山里是一片片的原始森林,横穿秀山的是浤河,上游是雪山,水清凉极了,顺着浤河,沿着山路,路边的坡上开满了野菊花,走在那儿简直就像走在盆景里。就是在这条山路上,我爱上了一个姑娘。她挑着一担子菊花远远地朝我走过来,当时我口渴得很,向她讨水喝,山泉水真甜啊!喝完了水,我就把她一担子菊花都买下了,真美呀!每次我们相见我都要走很远的山路,她也会走很远的路到半路上迎我,我们过了一段天堂般的日子……

小菊:那后来呢?

王路石:没有后来……后来我回家了。回到北京,我写了很多信,但她只回了我一封,告诉我说她结婚了。你跟你妈妈长得很像,特别是这双眼睛。

小菊:你认识我妈妈?

王路石：（点头）我认识。你妈妈是叫苏莹，家在秀山。

小菊：（点头）是！

王路石：没错，秀山不会再有第二个苏莹了。

小菊：您……（辨认着）王路石……锎锎……苏莹……秀山……你就是我妈让我找的那个人！

【两人对视。

【切光。

第三幕

第一场　绿地

【时间：震后。

【丁小莫失魂落魄，小芬极力劝说。

丁小莫：(失神地)没了，没了，什么都没了。

小芬：小莫，你不要这个样子嘛，没了的不光是你们一家子，没音信那就是说还有希望。

丁小莫：希望在哪儿，在哪儿啊？都三天了，一点消息都没有，我觉得一点希望都没有了。

小芬：你是个男人，是个四川男人！是男人就要像个男人样儿。你看看电视里头那么多人为咱们命都不要地都冲上去了，我们要是坚持不住，那还对得起哪个？

丁小莫：我当初真不该来北京，假如我现在在家,我还可以去救他们。爸、妈,你们能原谅我吗?我再也不乱跑了。爸、妈,你们听到我在喊你们没有?

小芬:都怪我!要不是因为我,你也不会来这里,是我对不起你的爸爸、妈妈。

小芬:小莫,你看着我,小莫,你听我说,我要跟你结婚,我要跟你有个家,我要给你生个孩子。爸、妈,你们要挺住,我和小莫一定会去找你们的。

丁小莫:爸、妈,前面有那么多解放军,你们肯定没事的!

小芬:爸爸、妈妈,你们一定要坚持住,我要让你们亲眼看看,我是你们的好媳妇!

【丁小莫唱起激越的川江号子:我家住在哟,天府之国,它的名字哟叫四川,四川的龙门阵,那个摆不完啰……四川的龙门阵,那个摆不完啰!

【丁小莫和小芬紧紧拥抱在一起。

【收光。

第二场　王路石家

【与上场同天。

【娟子在沙发上摆弄着玩具娃娃,暗暗流泪。

【马芸暗上。

马芸:娟子。

娟子:阿姨,慢点儿。

马芸:这小家伙在踢我呢,你摸摸。

娟子:(小心翼翼地触摸)哎,是在动啊!

马芸:娟子,阿姨有件事想跟你说,你得千万答应我。

娟子:什么事啊,这么严重?

【马芸拿起早就准备好的信封。

马芸:你们家的房子不是塌了吗?(递过信封)这是3万块钱,你回家把房子修修,别嫌少。

娟子:阿姨,谢谢你,这钱我不能要。虽然我们家的房子没有了,可我妈现在已经住进帐篷里了,国家拨了救济金说要帮我们重建,什么都替我们想到了。阿姨,有好多像您一样的好心人帮我们,我们知足,四川人懂得感恩!

马芸:(感动地)四川人懂得感恩!这话说得真好!能平安健康地活着,就得感恩啊!呦,他又踢我呢。(摸肚子)有个小生命在你身体里生长,真幸福!

【小娟趴在马芸的肚子上倾听。少顷。

娟子:阿姨,我要结婚……

马芸:结婚?和谁?

娟子:不知道……我要生孩子……

马芸:和谁生孩子?

娟子:不知道。反正我要结婚生孩子!

马芸:娟子,你怎么了?

娟子:我们家是单亲,我妈一个人带着我和妹妹,活得不容易。小的时候我就发誓,一辈子不受那个罪,不结婚,不嫁人,不生孩子,无牵无挂,自由自在!可这次地震,在电视里看见我们家乡死了那么多人,好多都还是孩子……他们还没明白活着是怎么回事就没了……他们活得不完整!地震让我明白了,活着是怎么回事!阿姨,我要结婚,我要生孩子,我想活得完整!

马芸:娟子,阿姨真为你高兴!这女人啊,有孩子没孩子就是不一样……有了孩子的女人才算是个完整的女人。

【门铃响,桂枝上。

娟子:桂枝。

马芸:桂枝。

桂枝:阿姨,我要走了。

马芸:你弟弟的事我们都知道了。

小娟:你马上就要走啊?

桂枝:嗯。我一会儿就走。

马芸:你陪阿姨坐会儿……

桂枝:我要回去,我要去我弟弟垮了的小学看一眼,弟弟就这么走了,他当时正在上课,小书包都找着了,救援队挖的时候他还能答应,手都拉着了,还是热的!等挖出来,已经不行了……

马芸：桂枝，阿姨听说你弟弟今年才12岁……

桂枝：（红了眼眶）是，弟弟学习很好，每次考了高分他都写信告诉我。他总是说，姐，我知道你在外面打工很苦，我不会让你白受苦的，我要是考不好，就对不起你打工寄回来的那些钱……（说不下去）我想好了，我今年要再考一次大学，我要考师范，毕业以后回四川，当一个小学老师，教那里的孩子读书！

马芸：好孩子！有志气！阿姨也是大学毕业，我来辅导你，咱们今年再考，咱们一定能考上！

桂枝：阿姨，你不要难受，你还怀着孩子呢。我听小芬说，小菊的妈和儿子都没了，小菊她自己知道不知道啊？

娟子：路石叔叔先不让说，怕她受不了。

桂枝：会不会搞错了？

马芸：你延信叔叔和延军叔叔在灾区都碰面了，两边传过来的消息都是一样的，小菊的妈和孩子都不在了……

桂枝：这种事儿怎么瞒得下去？

马芸：是啊，人死不能复生，这种事儿早晚都得知道！

桂枝：那还是要告诉她！

马芸：告诉她，谁能开得了口！

娟子：就是，哪一个说嘛？爷爷说？路石叔叔说？

还是我们说？反正我是说不出口。

桂枝：还要告诉她嘛，要不然我们不让小菊回四川！我们要想办法拦住她！

娟子：拦？怎么拦？拦不住！

马芸：这小菊铁了心要走，你路石叔叔现在已经去接小菊和爷爷了。小菊一走，爷爷那边没人照顾，得跟我们住一段时间。

娟子：(问马芸)路石叔叔的救援队也是今天走吧？

桂枝：啊？路石叔叔也要去四川？

马芸：他和小菊已经买好飞机票，马上就要出发了。

桂枝：可阿姨您快生了，他就等几天再走嘛！

马芸：我这儿不算什么，那边是救命，早一天总比晚一天强。

【江总和杨滨一身野战装备上。

杨滨：嫂子，路石在吗？

马芸：接老爷子去了，一会儿就回来。

江总：嫂子，我和杨滨一直劝路石等孩子生下来再走，可路石非要坚持说，现在在北京，就等着这一条命诞生，可是在四川，那是多少条命正在告急。人家是生死攸关的大事，早点儿去，他心里踏实。嫂子，您多注意身体，您放心，到了四川，有我和杨滨在，路石肯定没问题。

马芸:那谢谢你们了。

杨滨:谢什么?说心里话,嫂子,我真服路石了!你说他看什么事那叫一个清楚,办什么事那叫一个果断。我能结识这个朋友是我三生有幸。

江总:要不我怎么跟他能有这么多年的交情啊!小时候,我们俩出去打架就在一块儿,现在抗震我们还在一块儿,什么是兄弟呀,就看关键时刻能不能在一块儿!

杨滨:什么叫男人?就看关键时刻能不能冲得上去!我们志愿者救援队一切都准备好了,就等路石一句话了。

马芸:那你们一定要注意安全!

【王路石拿着行李带着王保年和小菊进门。

【小芬和丁小莫帮着提行李跟上。

【王路石看见杨滨和江总。

王路石:都准备好了吗?

江总:万事俱备,就等你一句话。

王路石:准备好就出发,咱四川见、灾区见!

杨滨:(朝王保年)老爷子!我们这就出发了,作为一名退伍老兵,在国家有难的时候就得冲在前头,时间紧迫,晚辈现在就算跟您告辞,敬礼!

王保年:家贫出孝子,国难显忠臣,现在该是你们登台亮相的时候了。

江总：老爷子，您就放心吧，我们不会给咱北京人丢脸的！

王保年：好，出发！

江总和杨滨：是！

【二人下。

【小菊提着一包王保年的随身物品。

小菊：娟子，爷爷的行李放哪儿？

娟子：(招呼着)这屋，这屋，爷爷的屋子早都收拾好了！

【小菊和娟子下。

【王保年把王路石拉到一边。

王保年：(低声)路石，我知道你心里乱，可是你得先沉住气，一会儿你跟小菊先把苏莹那事儿跟她垫垫话，让她有个心理准备，我怕她一下子知道了，孩子受不了。

王路石：爸，我明白，我会想办法告诉她的。

【小菊、娟子复上。

【王保年连忙收声，转对小菊。

王保年：小菊，你也把我送到地方了，就别惦记我了，你这趟回去，路那么远，也不知道那边是什么情况。

小菊：爷爷，我已经仔细想过了，不管那边发生什么情况，我都要回去看一眼。爷爷，我要走了，您要注意身体。马芸阿姨,我把爷爷交给您,给您添麻烦了。爷爷,那我走了。路石叔叔,咱们走吧,马阿姨再见。(拿包刚走几步被阻拦)

娟子:小菊姐,你现在回去有危险,等真有了消息再说吧。

桂枝:对啊,别回去了,去了也是堵在那儿动不了,还有余震。

娟子:是啊,好好待在北京,就是对咱家乡的支持!

小芬:是啊,你留下,还能帮帮我姐,你看她一人根本忙不过来……

小菊:你们别说了,我明白你们说的那些道理,可我一定得回去,妈妈和豆豆那儿,我得回去找他们,你们别说了。

王路石:你们就别劝她了。我和小菊在一起,到那边有什么情况我会帮着小菊的。爸,我们走了,您多保重。

王保年:小菊,记着!这儿永远都是你的家!

【丁小莫自己拿着行李上。

丁小莫:(看见小菊拿包要走)小菊姐,你要走了?(朝小菊)你千万别难过,你们家里的事情……(回身对小芬)哎哟,你抓我干吗?(对小菊)你的妈妈和孩子……

小芬：(冲上去制止)你胡说什么？你不知道就别乱说……

丁小莫：我哪乱说了，不是你跟我说的吗？

小芬：我跟你说什么了？我什么都没跟你说！

丁小莫：你不是说她的妈妈和孩子……

小芬：哎呀，你还在乱说！

丁小莫：(忽然明白，转对小菊)哦，我不是那意思，我是说……这么大的灾难，出事的肯定不是一家两家……好多好多家都出事了。

小芬：你给我闭嘴！你不会说话你就不要说！

小菊：(一把拉住丁小莫)小莫，我们家到底发生什么事了？

丁小莫：我不知道，我不知道，我真的不知道。

小菊：小莫！

丁小莫：小菊姐，我求求你，你不要问了，我真不知道！我什么都不知道……

小菊：小芬，你跟我说，我们家到底怎么了？

小芬：小菊姐，你别听他的，他什么都不知道，他们家人到现在都没消息，他都急疯了！

丁小莫：哦，我急疯了，我乱说的。

小菊：我知道家里肯定是出了什么事！(走向众人，大家都躲避，转对王保年)爷爷，你最疼我，我求求您，你跟我说，我们家怎么了，你就跟我说嘛！

王保年:(为难、心疼地)小菊,这是灾难哪!

小菊:(怔住,少顷)碰到了,真的让我碰到了!我想过很多次,想过各种各样的结果,就是没想到,这事儿真让我碰到了……我要回去,不管发生什么事,我都要回去,我要回去看他们一眼,我要给妈妈和豆豆立座坟……

王路石:(终于脱口而出)小菊!我有话要跟你说!只是我一直没有勇气说出来……菊儿,今天全家人都在,我就想听你叫我一声爸爸!

【静场。

马芸:你什么意思啊?

王保年:路石,你这是……你说什么?

王路石:小菊是我的女儿,我是小菊的生身父亲。

【众人惊呆。

王路石:要不是小菊今天要走,要不是小菊的妈妈苏莹已经过世,要不是因为这场百年不遇的地震,有些事也许永远不会揭开!有些事我要说、我想说、我必须说!不然我永远都不会心安!在我还年轻的时候,我毕业分配到四川秀山当老师,在那儿,我遇上了我的初恋,一个叫苏莹的姑娘。我永远也忘不了那条山路,那担子菊花,那瓢甘甜的山泉水。

那真是一段纯洁的日子,每次到秀山镇我都要走很远的山路,她也会走很远的路到半路上迎我,我们过了一段天堂般的日子,直到有一天,我接到了回城的通知,苏莹问我,假如我怀孕了,有了咱们的孩子,你还会走吗?我说,那我就哪儿也不去,守着你们娘俩。苏莹笑了,笑得很美,说,我知道你的心了。我真笨哪,我还是年轻啊,我就没想到他说的是真的。分别的那天,苏莹跟我说,带我一起走吧,我会好好照顾你一辈子!我真想带她一起走,可是我有那个心没那个力,是我亲手埋葬了自己的初恋。后来我给她写过几封信,她只回了一封,告诉我她结婚了。这是我永远的痛……那天在保姆市场门口,在台阶上,我无意中看见了一个姑娘,她说她叫小菊。听着她的四川乡音,我仿佛一下子回到了过去。真是天意呀!我没有一丝的犹豫,就决定雇佣她。那天是因为爸爸的保姆刚走,我急需找个人顶替。在茫茫人海中,能够遇到小菊,真是缘分。冥冥之中,我总觉得这个孩子把我和四川连在一起,和那条山路连在一起。直到地震了,我从娟子的口中得知了小菊妈妈的名字,我才恍然大悟,按苏莹那封回信里跟我说的结婚时间,小菊的岁数不对,应该比现在小三岁。我这才知道了,小菊应该是我的女儿,我的女儿……也许这就是命运,这就是生活,这就是我昨天的生活,今天的生活,而我,还要面对明天的生活。

【静场。

小菊:(一字一顿地)你就是我妈妈让我找的那个人!但我没有想到这个人就是我的生身父亲!

【众人不知即将发生什么,气氛凝固。

【马芸努力控制着自己,慢慢地说。

马芸:我早知道有苏莹这个人,我知道这是路石的初恋,也尊重他的这份感情,可我万万没想到,还有个孩子。路石,你没跟我说过你们还有个孩子,我知道,连你自己都可能不知道你有这个孩子。你不是成心骗我,但是作为一个女人,突然碰上这种事,你让我怎么办?我能怎么办?我该怎么办?

【马芸有些哽咽,说不下去。

王路石:(不忍地)马芸……

马芸:(调整了一下情绪,抚摸着自己的肚子,说道)你让我说完,我原以为为你们王家生个孩子,有了后,我就算对你们王家有个交代,你们一家子都盼着咱们能有孩子,尤其是咱妈咱爸……路石,你的过去跟我没关系,也有关系,无论你过去做了什么、没做什么,都是在和我结婚之前,现在看来你不是成心瞒我,如果小菊的妈还在,我也许接受不了这个事实,可现在苏莹不在了,走得又这么急,我作为一个就要做母亲的女人,我什么都能接受。小菊,我知道,我虽然代替不了你的母亲,但我愿意尽我最大的力来爱你。小菊,你妈去了,就让我替她爱你吧!

【小菊望着马芸,慢慢上前,含着眼泪抱住了她。

王保年:好啊,真是好啊,你总算把你心里的那点话都倒出来了!该说的都说了,该认的也都认了,这就对了,做过的事你得认,人不怕做错事,就怕你做了你不认!拿不相干的事儿来遮,来盖,你得知道,心里的事儿是遮不住也盖不住的。路石,你活到这个岁数,算是把"人"字给写正了!有一件事,一直装在我心里,我也得说出来,我不想把它带进棺材里!加上我这马上就要见面的大孙子,现在,咱家是三世同堂了,福分呀!我知足!这一阵家里家外都不静,我身子骨也不利索,所以琢磨着,把该说的话抓紧跟你们都说了。想我这辈子,大灾大难经历了不少,可自己没干过几件记得起来的事儿,老了老了,不甘心。这不,又赶上这次大地震,那么多孩子走在我前头了,我看在眼里,疼在心尖上了!我是老胳膊老腿上不去了,但是我有儿子,我有三个儿子!他们都替我顶上去了。可是回头想想,还那么多伤着的,躺在医院里,我心里急呀,又帮不上忙。人哪,有累死的,有忙死的,有病死的,有穷死的,有打仗打死的,怎么死的都有,就是不能白死,我不能白死。要想不白死,就得死得有点用,死得对别人有点用,我琢磨着,我怎么才能死得有点用呢?路石,今儿我要立个遗嘱,我死了以后,把我这把老骨头捐给医院,给那些需要的人,能用上啥就用啥!这样我才能心安呢!

王路石:爸,您……

王保年:不,你别管!你照我说的做!

小菊:(百感交集)爷爷!爷爷您别这样……

王保年:(拉住小菊的手)没事儿,孩子,好好看看,这儿以后就是你的家!(指着王路石)去,叫爸爸!

【小菊与王路石相望,良久。

【王路石等待着。在场人等待着。

小菊:(终于脱口而出)爸爸……

【王路石正要迎上,客厅门忽然打开。豆豆上,王延信随后。

【所有人怔在原地。

【音乐起。

豆豆:(扑向小菊)妈妈……

【小菊望着豆豆,不敢相信。全场静默。

小菊:(上前一把抱住豆豆)婆婆呢?婆婆在哪?

豆豆:(摇头)没有了。

【静场。

王延信:(缓缓地)爸,我回来了。地震发生的时候,豆豆被小菊妈妈从屋里抱出来,本来她俩都已经安全了,可她听到邻居家有孩子的哭声,就又冲进屋去,还没等出来,房子就全塌了。等到救援的人把小菊妈妈从废墟中扒出来的时候,所有在场的人都不忍再看了——小菊妈妈怀里紧紧抱着一个孩子,她用自己的身体死死扛住了倒塌的房梁,她的身体极力向上扛着。救援队的人都以为她护着的是自己的孩子,认为这一家人全都不幸遇难了……就在我们医疗队要回北京的时候,在机场,听到医疗队的队员说,在林县有从安县救出的一个3岁男孩,叫豆豆,我抱着最后一线希望赶了过去,真是万幸,豆豆活着。

【众人沉默。少顷。

小菊:(指着王保年)豆豆,叫太爷爷!

豆豆:太爷爷!

【王保年答应着把孩子紧紧抱在怀里。

【王路石望着一老一小,不由自主地把小菊揽入怀中。在场人无不动容。

王路石:(自言自语地)这就是苏莹,就这么走了,什么也没留下。

【小菊从兜里掏出一封信。

小菊:爸,这是妈写给你的一封信。从来没有拆封过。本来我想临走的时候把信留给您,现在我把它当面交给您。

【王路石接过信,缓缓地将它展开。

【苏莹的画外音——

锄锄:好多年没联系了,也不知道你在哪儿,只知道你在北京。菊儿是咱俩的孩子,我什么事都随着你,就这件事瞒了你。小菊3岁的时候,我结婚了,他对我挺好的,是个好人。他对小菊也挺好的。可惜他命不好,去年病死了。他临走前,跟菊儿说到了你。小菊知道你是他的父亲,闹着要到北京去找你,没别的,他就是想见她的生身父亲。她性子倔,像你,我实在拦不住,就让她去了。见了面,小菊要是说了什么,你别怪她,我仔细想了想,你也该见见她。咱们闺女挺好的,你就随了孩子的愿吧。菊儿结婚了,有个儿子叫豆豆。你也是个当外公的人了。你自己多保重吧。见信如见人。

莹

【收光。

【以下戏为写意处理。

【音乐起,舞台上打出黄色菊花的颜色和花型。

【小菊手里拿出一封信,在台左绿地一角读这封天堂回信。

【王路石站在台右绿地一角望着远方。

小菊:(面朝前方)妈,爸爸在读到你那封信的当天,给你回了一封信。

【王路石读信的混响画外音,音乐渐起,贯穿读信始终。

莹:信收到了,我一切都好。菊儿我见了,眼睛跟皮肤都像你,剩下的像我。对了,性子随你,不爱说,话少,心重。她跟爷爷这一老一小挺合得来,比我跟爸亲,你放心吧。

我会再去走那条山路,你还会在半路迎我吗?山里的菊花真美,你在那边多多保重。

莹,我有孩子了,是男孩。他叫震生。

【音乐声渐大,收光。

【五个川籍小保姆和丁小莫缓缓走向台口,站成一排。同唱主题曲。

【少顷。

【其他所有剧中人物慢慢走出,融入小保姆中间,主题曲激越回旋。

【舞台布景慢慢旋转。

【全剧终。

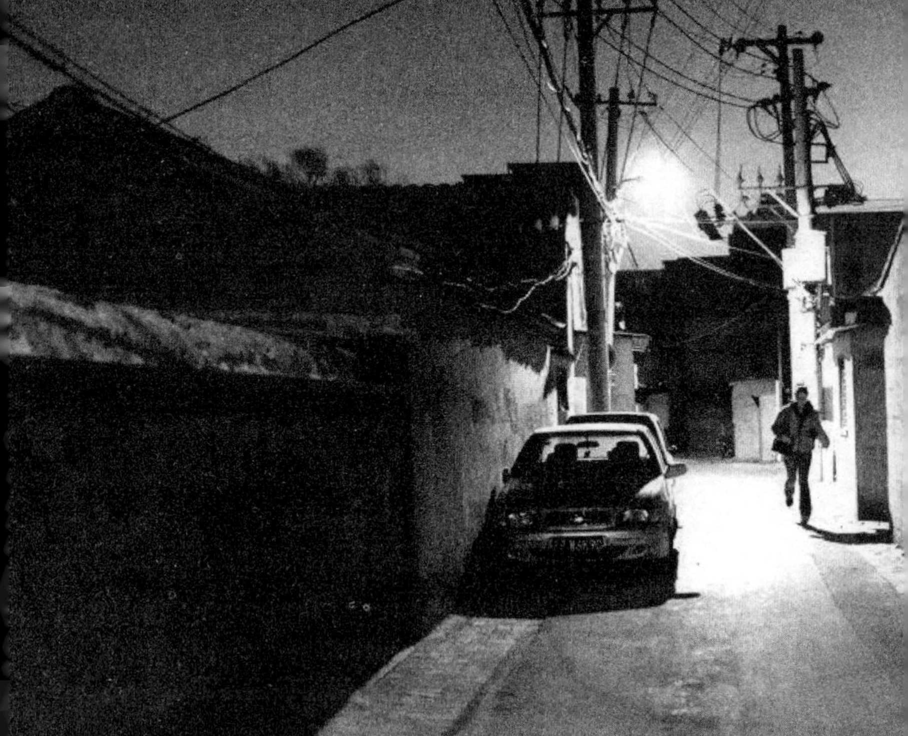

【北京儿艺四幕话剧】

幸福年

Happiness year

苗九龄

▲ 作者 / 苗九龄

作者简介

　　苗九龄，中国电影家协会会员，北京戏剧家协会会员，北京演艺集团、北京儿童艺术剧院编剧、导演。曾获第七届、第八届北京市文学艺术奖、中国话剧最高奖金狮奖优秀剧目奖，作品多次入围北京市"五个一工程"精品项目、全国优秀作品展演、国家艺术基金重点项目、优秀人才资助。代表作品：话剧《建家小业》《幸福年》等，儿童剧《胡同.com》、《雏菊花》等，音乐剧《虎妈猫爸》《逆风飞翔》等，电影《做局》《好面儿》等。

序幕

【时间:2015年。
【地点:北京。
【一个很日常的冬天夜晚,客厅,沙发面对观众布置着,老头儿老太太在看电视,电视机里传出来韩剧的主题歌,在歌声中光渐起。

吕莹　老万呀。

万明　说!

吕莹　你知道为什么这个都敏俊必须是个外星人吗?

万明　我上哪知道去。

吕莹　像这样长得又帅,又有钱,又专一的男人,地球上哪找去?

万明　你能看点正常的吗？外星人能跑地球上来啊？

【换台。
【音乐起,《亮剑》主题曲。
万明　吕莹同志,你看我看的这个,讲的都是人性,你说你看的这些电视剧啊,现在看《花千骨》,之前看《甄嬛传》,再之前看《还珠格格》,几十年品位不变!

吕莹　对!你品位高!你看的那电视剧好!手榴弹炸飞机,手撕鬼子,裤裆藏雷,800里外一枪毙命!那距离都赶上北京到济南了。

万明　我品位就比你高!你看我看的电视剧,《亮剑》《北平无战事》《盗墓笔记》……

吕莹　哎呀,哈哈哈,还《盗墓笔记》呢,那你去电影院看看《九层妖塔》吧。

万明　几层?

吕莹　九楼。

【吕莹换台,电视机里传出来北京市政府要迁往通州的消息。

(旁白)北京市委全会日前正式公布"聚焦通州,加快市行政副中心的规划建设"。北京规划委明确表示,将有序推动北京市属行政事业单位整体或部分向市行政副中心转移。至此,通州作为北京市行政副中心的"新身份"正式亮相。

万明　北京市政府还真要搬通州了。

吕莹　我早就告诉你了嘛。

万明　你那是小道消息,这才是红头文件呢。

吕莹　我当时让你买双桥那房,你非不买,嫌远,这下傻了吧。

万明　(万明拿起报纸接着看)人家梁思成说得对啊,北京市政府早晚迁出二环。

吕莹　(把万明手上的报纸按下来)哎。我怎么跟着你,什么好事都赶不上呢?你说该买房的时候没买房,该买车的时候也没买车。吃屎也赶不上热的。

万明　(反应)你看你那素质,咱现在还有机会。你看天意啊,动批啊,都要往河北搬,到时候河北的房价肯定涨。咱就来个农村包围城市,你像固安啊,大厂啊,燕郊,保定啊,听说在那买房还送河北户口哪。

吕莹　放屁,我正儿八经的老北京人,跟了你跑河北去了。

万明　你是齐齐哈尔农村出生的。

吕莹　你管我哪里出生的呢,我正儿八经北京户口,我说多少回了,我爸去齐齐哈尔那叫知青插队。

万明　在那娶的你妈!生的你!

吕莹　后来我们全家不是返城回京了。

万明　那不还是农村的嘛。

吕莹　咱俩谁农村的啊。

万明　我承认我是农村的啊!

吕莹　你不承认行吗,你个湖南农村的。

万明　我从农村出来,我考上大学了啊!

吕莹　再考上大学你不还得拼了命的留在北京吗!

万明　那也是北京留的我啊,那叫人才进京。

吕莹　你再人才进京,那也是我这个北京姑娘不嫌弃你个农村的,下嫁于你。

万明　还下嫁呢,那是我不嫌弃你,我一个知识分子娶了你这个初中毕业的。

吕莹　我初中毕业怎么的了!

……

【万云端走出景片,来到话筒前。随着万云端说话的声音出,光渐收。

万云端　这就是我爸我妈,吵了一辈子了,我也不知道他们俩当初怎么就结了婚了,因为他们俩完全不是一路人。我觉得萧伯纳那句话说得挺对的,要结婚的就去结婚,要单身的就去单身,反正到最后你们都会后悔的。像今天这种吵,这种等级,这种强度,那就是家常便饭。我印象中他们吵得最厉害的那一次,应该在我七八岁的时候。

【音乐进,歌曲片段 1.《八十年代的新一辈》。2.《十五的月亮》。3.《一剪梅》。

万云端　那是1984年的大年三十……

第一幕

【时间:1984年大年三十。
【地点:北京。

【万明还没回家,吕莹一个人在家揉面。
【电视机的声音:胡耀邦总书记与到访的西哈努克国王亲切会晤。今年国民生产总值。
【万云端从话筒前走过来,戴上红领巾,走到门口。
【妹妹万欣欣在唱歌:小燕子,穿花衣,年年春天来这里。我问燕子你为啥来。

万欣欣　妈妈,燕子为什么来啊?

吕莹　因为燕子喜欢咱们这啊。

【万云端进家门。

万云端　妈,我回来了。

吕莹　你站住!转过来,把手放下。衣服怎么回事?

万云端　放鞭炮……崩的……

吕莹　没崩着吧?臭小子!刚给你做的新衣服。赶紧进去……

【万云端进屋,没一会出来。

万云端　妈,妹妹说要吃大白兔。

吕莹　是你妹要吃,还是你要吃?

万云端　我妹啊。

万欣欣　妈妈,我不吃大白兔,过两天再吃。

吕莹　大闺女最乖了,拿着。

【吕莹给大白兔,万云端抢过大白兔就往屋里跑,欣欣哭着追进去。

吕莹　云端!给你妹妹一颗!

【万明醉醺醺地回来了,一看就是喝了酒的样子,没好气地朝里屋喊。

吕莹　你怎么这么晚才回来?

万明　有事。

吕莹　肉呢。

万明　什么肉?

吕莹　你说什么肉,单位发的肉。我一半儿饺子还没包呢,就等着你那肉呢!人家大过年的下午放假都回家了,你怎么现在才回来,我带着欣欣,我又不能出去找你。咱爸还等着咱们带饺子回去呢。

万明　你还问我肉,我钱呢?

吕莹　什么钱呀?

万明　我兜里的钱啊,我攒的零花钱,昨晚上还在呢,今儿怎么没了。

吕莹　我洗衣服,掏出来的。

万明　你掏出来怎么不跟我说一声!

吕莹　昨晚上想跟你说来着,但是我洗完脸回来,你呼噜都打上了,我不就忘了嘛。

万明　你忘了?你知道我今儿丢多大人嘛?

吕莹　怎么了?

万明　今天上级领导宣布我科长转正,我不得请全科室的人吃顿饭嘛。等吃完了我去付账,我这兜比脸还干净!

吕莹　后来咋整的?

万明　同事帮我结的。

吕莹　呦,那得赶紧把钱还给人家呀!(去大衣柜拿钱)

万明　拿肉抵账了。

吕莹　抵给谁了?

万明　一同事,你不认识。

吕莹　谁我不认识啊?谁啊?

万明　我钱呢?

吕莹　我不知道你转正啊,这大过年的,你上领导家拜年空着手能行吗?就你那点零花钱够干吗的?我的布票和油票都给你搭上了,东西都在那呢,你自己看吧。

【万明起身去柜子那看了一眼。万明在屋子里走了走,洗了洗手。走到吕莹身边一挥手,把面团拿过来自己揉。

万明　你没劲儿……馅儿弄好了吗?

吕莹　我剁馅儿剁一半儿,我发的那点肉也不够,就等你这大科长发的那块肉呢。

万明　那没肉吃什么馅的啊?

吕莹　白菜大葱呗。

万明　哎呀……这适合你爸吃,降血压。

吕莹　切……

万明　吕莹,今天是什么日子还记得吗?

吕莹　大年三十呗。

万明　还有呢?

吕莹　你转正!

万明　再想想。

吕莹　什么呀?(万明指了指自己,指了指吕莹)啊,咱俩结婚纪念日!

万明　过了八年,你忘了八次。

吕莹　真能整事!我一天俩孩子还不够我忙的

呢！我还给你记这个……先说说工资涨了多少？

万明　你就知道钱。(把面放下)中国！我的钥匙丢了。(进入状态)

吕莹　你钥匙丢了？

【万明嘘了一声，摆了一下手，音乐起。

万明　天，又开始下雨。

　　　我的钥匙丢了。

　　　你躺在哪里？

　　　我想风雨腐蚀了你，

　　　你已经锈迹斑斑了。

　　　不，我不那样认为。

　　　我要顽强地寻找。

　　　希望能把你重新找到。

　　　太阳啊，你看到我的钥匙了吗？

　　　愿你的光芒。

　　　为它热烈地照耀。

　　　我在这广大的田野上行走，

　　　我沿着心灵的足迹寻找，

　　　那一切丢失了的，

　　　我都在认真思考。

【万明陶醉着，来到吕莹面前，牵起她的手。

吕莹　钥匙丢了，刚才咋进来的呀？

【音乐停。

万明　诗！我念的是诗！

吕莹　哎哟！我知道！我这不跟你闹着玩儿呢嘛！

万明　当年你追着我给你读诗，现在我给你读诗你还老打岔！

吕莹　我愿意听，你接着读。

万明　丢了，钥匙丢了，读不下去了。

吕莹　看你小心眼那样！（音乐起）哎呀……我记得那时候啊，天那叫一个冷啊！大雪天里吧，你就给我读诗，哎呀，给我读得可热乎了……万明，你跟我说心里话，你从什么时候开始对我有意思的……

万明　那天晚上。

吕莹　（音乐停）你臭不要脸的！脑子里头都想什么呢！

万明　你想哪去了！我说的是那天晚上！

吕莹　哪天晚上？

万明　就是厂里让我停职反省的那个晚上，（音乐起）我在办公室里坐了半宿，一出门，雪下得那个大呀，我就看见你手里拿着俩饭盒，在大雪里等我。

吕莹　你跟个饿狼似的，那两饭盒饺子全造了，一个都没给我留。（万明笑了笑）后来你就骑着自行车送我回家……

万明　是。

吕莹　大雪天里，你给我读你专门写给我的诗……

万明　那是我即兴创作的。

吕莹　我到现在还记得呢。松树啊,温暖的饺子……

万明　什么啊,那是,雪压青松不低头,我擦亮眼睛,在黑夜里,去寻找温暖的吕莹。

万明　(揉着面团)哎呀……下雪天读诗……真美啊……

【音乐结束。

吕莹　哎,你大雪天里给几个人读过诗啊?

万明　就你一个人。

吕莹　呸,光我知道的起码就有俩,一个是我一个是那个狐狸精柳飘……云端!衣服穿上!(把衣服给云端)

万明　别胡说八道就行。

吕莹　我跟你说那是我这辈子都忘不了的!那天晚上,雪下得那叫一个大啊,天儿特冷!我爸给我安排烧锅炉的活,半夜得起来添煤,那给我冻得哆哆嗦嗦的,我就这么一铲子一铲子的,我这么一抬头!哎呀!这大雪天路灯底下还坐着俩人啊。当时你就这么坐着,(万明一下就站起来了)你坐下!那大雪下得快把你俩给埋起来了。一开始你俩坐得还有点距离,然后这个柳飘就飘飘悠悠地飘你旁边来了,手就这么扶着,头就这样靠着啊!

万明　哪有这么近？

吕莹　别动！就这样！然后你就把衣服脱了。

万明　脱衣服……没脱衣服啊！脱什么衣服啊！啊！那不是人家冷吗！我给人家披着！

吕莹　哎哟,你挺体贴呀！你什么时候怕我冷,给我披过衣服啊？

【拿起衣服给吕莹递过去,吕莹嫌弃地躲开。

吕莹　行啦！后来最生气的就是第二天你来找我,破马张飞地找我,非说是我把你和柳飘的事情说得全厂都知道的。

万明　当时我就看见你了,后来我才知道不是你传的。

吕莹　我是那样的人吗？

万明　重点不是这个,重点是我第二天去找你,我跟你讲道理吧,你为什么跟我骂街啊？

吕莹　谁骂街了,我那不也跟你讲道理呢嘛。

万明　您那是讲道理啊,"孙子！你还有脸来找我？就你干的那点破事！臭不要脸！滚蛋！"

吕莹　学得挺像啊！

万明　本来没几个人知道,经你这么一闹,全厂人都知道了……

吕莹　该！

万明　后来我就明白了,这个女人不能惹啊。

吕莹　反正那事以后,我就认定你了。

万明　我说怎么那么巧啊,我一犯错误就学习,一学习就跟你在一起。合着都是你安排的?

吕莹　我哪有那么大本事啊?都是我爸安排的。

万明　我说呢。

吕莹　你刚一进厂,我就看上你了。(万明愣了一下)你那会年轻啊,长得还挺像唐国强。能演讲会写诗,还有学历。我们那拨未婚女青年啊,那都可喜欢你了。我一想我得先下手为强啊!我回去跟我爸闹,我一进屋就说我这辈子非万明不嫁。我爸说我大姑娘家的怎么那么不害臊,我管不了那么多了!后来啊,咱俩在一块学习,都是我爸安排的。

万明　那后来,你找我喝酒,把我喝多了,赖在我宿舍里不走,也是你爸安排的?

吕莹　讨厌!

万明　吕莹,跟你商量点儿事呗?

吕莹　什么事?

万明　咱今年回我湖南老家过年呗?

吕莹　你想初几走啊?

万明　今天。

吕莹　这都几点了。

万明　我已经打听好了,9点20的车,今儿人少,去了就能买票。

吕莹　那我爸呢。

万明　咱现在就去给老爷子拜个早年,然后直接去火车站。

吕莹　万明,你可以啊,这今天科长刚转正,这领导架子一下就有了,你说走就走啊!那我爸怎么办?你让我爸一个人过年,一个人吃年夜饭,一个人守岁啊,我告诉你,不可能!

万明　那你能不能从我的角度考虑一下,我妈在老家也孤苦伶仃一个人过了七年,到现在连孙子孙女的面都没见上呢,我回去一趟怎么了?

吕莹　我也没说咱不回去啊,咱们可以其他时候回去啊。春天吧,等春天咱们请假回去行吗?

万明　我刚走上领导岗位,开春了我哪还能走开啊。今儿要不回去,我一年又见不到我妈,要走就今天走。

吕莹　你要非得今天走,那就带上我爸!

万明　吕莹,你又不是不了解你爸,你爸当领导当惯了,又在北京生活了这么多年,到湖南农村肯定不习惯,冬天还没暖气,吃的又辣,又没人陪老爷子喝酒,我倒是有心想请老爷子去,可老爷子未必愿意去啊。

吕莹　你要这么说……也是!你真想回去啊?

万明　我能不想吗?我都七年没回去过年了……

吕莹 （打断万明）行啦,我心里有数,那这样,我去给老爷子打个电话,他要是不去咱就过去看他一眼,完事咱就走。

万明 行嘞,把衣服扣上。

吕莹 这会儿挺体贴的。

万明 那我先收拾东西了啊。

吕莹 哎!

【万明高兴地哼着湖南花鼓戏,万云端出来。

万云端 爸,我饿了。

万明 吃点麦乳精。（万云端高兴地去拿,万明小声地）别告诉你妈啊。

万云端 爸,我还想吃饺子。

万明 儿子,过来,今年过年跟爸爸回老家好不好啊?

万云端 去姥爷家?

万明 不是,带你回爸爸的老家,湖南。

万云端 不去,没人玩。

万明 奶奶陪你玩。

万云端 姥爷都给我买鞭炮了!

万明 奶奶也能给你买。

万云端 我不去。

万明 奶奶给你做好吃的。

万云端 不吃。

万明　奶奶给你买新衣服。

万云端　我不穿。

万明　你去不去?

万云端　我不去。

万明　去不去?

【屋里传来欣欣的哭声,万明转身去屋里哄欣欣。

万云端　(小声地)不去。

【吕莹进屋。

吕莹　我这刚出去一会儿这是怎么了?

万云端　我爸说要回湖南!

吕莹　去!跟你妹妹收拾东西去!

万云端　妈!真去啊!

【万云端进屋收拾东西。

万明　吕莹,到时候把这两瓶酒给你爸带着。

吕莹　不用啦!

万明　送过去吧,老爷子一个人在北京过年,我心里也过意不去,就当表表我的心。

吕莹　难得你有这份心,那就把这酒带上,让我爸到湖南喝。

万明　啊?

吕莹　我爸跟咱一起去!我跟你说,我也没想到,老爷子还挺高兴,说这么多年没见亲家,想过去看看,顺便去毛主席家乡转一转。

【万明低头,坐下,不吱声。

吕莹　怎么了?

万明　没怎么……

吕莹　合着我爸去你家你不乐意啊?

万明　不是……我觉得吧,就咱们四个回去吧,我妈还能随便点,你爸要是去吧就是大事,那接待标准就得提高,我怕我妈照顾不过来,再说我妈身体也不好,我怕她吃不消。

吕莹　你就是心疼你妈是吧,那我都已经跟我爸说了,那你想怎么着啊?

万明　我意思再跟老爷子商量商量……

吕莹　你放屁!万明,我爸好歹是个领导干部,去你们农村过年,你还不乐意了?

万明　农村怎么了。

吕莹　万明,北方有个老理,"亲家上门,不值半文",我爸都不在乎这些了,你还跟我这吊脸子?

万明　谁吊脸子了。

吕莹　万明,你是不是打最开始就不想让我爸去?

万明　行,你跟我说老理,按老规矩,结了婚是不是就应该在男方家过年,可每年,就因为你爸一句话,我都七年没回家过年了。

吕莹　万明,我爸这么多年怎么对你的,你心里不清楚吗? 你能有今天,在厂里干到这一步,你都靠的谁!

万明　我靠谁了。

吕莹　你别不识抬举!

万明　我不识抬举?我不识抬举……这么多年你爸打心眼里瞧得起我吗?我堂堂大学毕业生分到厂里,住着单位分给我的房子,你爸凭什么就觉得我是上门女婿?要不是我一直坚持,这俩孩子早跟你们家姓了!那次在酒桌上,你爸是不是承认了?他从一开头就没瞧上我,说我配不上你,就因为我是农村人!

吕莹　那不是他喝多了吗!

万明　喝多了说的才是心里话!

吕莹　我爸要是瞧不起你能把我嫁给你吗?我告诉你万明,我爸就我这么一个闺女,我不能不管他!

【敲门声响。

万明　谁啊?

柳飘　请问万明是住在这吗?

【万明开门。

万明　柳飘,你怎么来了?

【柳飘含情脉脉地把袋子递给万明。

吕莹　哟,飘,来了,快请进。

柳飘　嫂子,过年好。

吕莹　哎呀,来都来了,进来坐吧!大过年的拿什么东西啊!

柳飘　嫂子,这肉本来就是单位发给万哥的,我是来还的,今天万哥不是转正嘛,请全科室的人吃饭,他不能喝,我就替他挡了几杯,回家一看袋子里多了一块肉,这我哪能要啊?就赶紧给送回来了。那我就先走了。

吕莹　哎呀,飘,着什么急啊,来都来了,赶紧坐会儿,那谢谢你啊,嫂子就不跟你客气了,家里正缺点肉,孩子们还等着吃肉呢。

万明　到时候我把钱给你啊。

柳飘　还跟我客气啥,这些年你也没少照顾我。

吕莹　对,你跟飘客气什么啊,你转正啊更好照顾她。

【吕莹笑了笑。

吕莹　飘,你跟一帮大老爷们喝酒,你挺能喝呀。

柳飘　不能喝……这不喝多了嘛。

吕莹　没啥事吧。

柳飘　没事。

吕莹　那就好,哎呀,这得亏带回家的只是块肉啊……(走到万明跟前)

【万明看了一眼吕莹。

柳飘　嫂子,那我就先回去了。

吕莹　飘,别着急啊,大过年的,一个人回去多没意思,今年又一个人过年啊?

柳飘　我回老家过年,票不好买,明天走。你们这是准备在哪过年啊?

吕莹　湖南北京。

万明　北京湖南。

万明　还没定……

吕莹　定了,就在北京过,飘,你这不明天才走吗,今晚上就留下跟我们一起吃饭。

柳飘　不了,这多麻烦啊……

吕莹　麻烦什么啊,飘,你的情况嫂子都了解,你眼光高,挑这么多年也没挑到合适的,结果把自己耗到这个岁数。这年年过年你都一个人包饺子,一个人吃,这想想……嫂子都想掉眼泪啊……

柳飘　哎呀,嫂子,真不用……

吕莹　哎呀!飘!你说你跟我不好意思就算了,跟你哥还客气啥!

柳飘　嫂子,我突然想起来了,我家有点急事,我得赶快回去。

吕莹　真有事啊,那嫂子不留你了啊!

柳飘　对了,想起来了,书给你。

万明　谢谢啊!(起背景音乐)

柳飘　谢啥,应该我谢你,(和万明对视)你借我这本书,真挺好看的……(音乐快收)

吕莹　好！

柳飘　嫂子,那我走了。

吕莹　哦,那慢点啊！外面滑别摔着啊！

柳飘　哎。

【柳飘走了,吕莹把门关上。

吕莹　中午跟她吃的饭啊？

万明　全科室的人。

吕莹　她帮你结的账？

万明　我没钱。

吕莹　你把肉给她了？

万明　还债嘛。

吕莹　拿肉还债,还的情债吧！合着你俩就没断是吧……

万明　你别胡说八道行不行？

吕莹　还有这书,落人家里了？

万明　那是她借的,今天她还给我。

吕莹　《我的钥匙丢了》啥钥匙啊,她家门钥匙啊？

万明　你这都胡说八道什么呢。走不走？

吕莹　去哪啊,我什么时候答应跟你走了？

万明　到底走不走！

吕莹　不走！

【万明失控,发脾气。

万明　爱走不走！云端,欣欣,走！穿衣服走！你俩在里面干吗呢？

吕莹　你干吗呀？你跟孩子喊什么呀？你要走你走！你给我出来！你不是追狐狸精去吗,你走啊！

【万明进去拉俩孩子走。

万明　我告诉你吕莹,我忍你很久了,我现在就带孩子走！你爱去哪去哪！

【万明很认真地收拾东西,准备走。

吕莹　万明,这日子过不过了！

万明　早过够了！你们走不走,都不走是吧,你们不走我走。

吕莹　你今天敢踏出这个家门,咱俩就离婚！

万明　离就离！

【万明转身要走。

万欣欣　（哭着）爸爸……爸爸……

【万明走到门口,听见欣欣哭着叫他,他没动,最后卸了一口气。

【万云端直接看着他俩,从光里走到话筒面前。光渐收,音乐起。

万云端　我和我妹妹在屋里什么都听见了。我不知道,这是不是他们俩第一次提到离婚。我也不知道有多少夫妻,都因为孩子,没离成。我们家就是,我爸妈把没离成婚的原因,都算到了我跟我妹妹身上。

后来发现大家都一样,都替父母背上了这口婚没离成的大黑锅。再说我爸,他这科长,一当就当了十年。这十年期间,他跟我妈,虽然也吵吵闹闹,但再也没提过离婚,一直到十年以后。

【歌曲进,《千万次的问》《心太软》《小芳》。

万云端　我记得那天应该是1994年的大年三十。

（第一幕完）

第二幕

【时间:1994年除夕。
【地点:北京万家客厅。
【起光。

【万明在家,吕莹不在家。万明在揉面,万欣欣坐在那装写作业,电视机里播放的是《我爱我家》,欣欣偷看电视。万云端走过去把电视机关了。
【音乐起,《我爱我家》插曲《会飞的心》。

万明　欣欣!进屋写作业去。(把电视关了)

万欣欣　(学我爱我家里面的老爷子说话)你这个好好和面啊,要不吕莹同志回来打屁股了啊!

万明　你干吗呢?

万云端　学英语呢。

万明　你这是想玩游戏啊还是学英语啊?

万云端　你看!(学魂斗罗游戏的声音)

万明　行了!明年你要考不上大学,你就跟你妈摆地摊去吧!赶紧进屋!

万云端　Game over……

【电话响了,万明走过去接起电话。

万明　喂!是你啊,来!我肯定来!现在这状况谁安心干啊,都想退路呢,别提这个了,都十年了,这科长让我干我也干不下去了。哎柳飘,你跟我说的那个职位真有那么高待遇吗?那行!过完年我就过去。够,年终奖发了800元钱,车票才100,路费够了。手续还没办,只要我能在那边待下去,辞职啊那就一个电话的事,家里,家里我说了算!别笑,票订好了我告诉你。我最快也得今天晚上给你信儿,好嘞,再见啊柳飘。

【万明翻出来一张名片,准备打电话。张强来了,敲门声起。

张强　万科长,我姐在吗?

万明　强子,你姐还没回来呢。

张强　哦,她包落那了。

万明　哎呀这包,怎么有一口子?

张强　嗯……我姐回来了您问她吧。

万明　(小声地)强子,求你帮个忙。

张强　万科长,有事您说话!

万明　别告诉你姐啊!

张强　行。

万明　你火车站不是有熟人吗,能不能请你帮我买张火车票?

张强　那简单!什么时候走?卧铺,硬座?

万明　有坐就行,越快越好。

东子　您去哪啊?

万明　去海口。

张强　万科长,您这也是要下海搞房地产挣大钱去啊?

万明　不是不是!我……我出趟公差。

张强　哦!行,那我买好给你送过来。

万明　(万明拉住强子,掏出钱递给张强)拜托拜托。

【张强刚要出门,吕莹进来,换衣服,洗手。撞见万明给张强钱。

张强　姐回来了啊,我先走了。

吕莹　强子,着啥急啊,吃口饺子再走吧!

张强　不了不了,大过年的,我爸我妈都来了,我得赶紧回去了。

吕莹　那姐就不留你了啊,今儿谢谢你啊!

东子　说这个干吗呀!

【强子下,吕莹去拿自己的小账本记账。

吕莹　你把钱给强子了?(万明愣了)给人多少?

万明　没有啊!

吕莹　刚才不是看见你把钱给强子了吗?

万明　我让他买点东西,过年了不得送礼啊。

吕莹　你没把钱还给强子啊?

万明　我干吗还他钱啊,我又不欠他钱。

吕莹　我欠他钱啊!

万明　你欠他什么钱啊?

吕莹　别废话了。你赶紧把你那年终奖给我,我给人家还过去,这大过年的……

万明　你到底欠人家多少钱啊?

吕莹　3000。

万明　3000!你怎么欠人这么多钱啊?

吕莹　哎……别提了,今儿不是咱俩结婚纪念日嘛。

万明　别提这个,后来呢。

吕莹　我本来想给你一个惊喜,我摆了这么长时间地摊啊,总算是熬出头了,在动批那有个外地人不干了,想把档口转出去,我和强子今天去看地方,价格真挺合适的,位置又好,什么都谈好了,结果就跟人清点货那工夫,你说我这3000元钱……这小偷多可恶!

万明　3000元钱丢了？

吕莹　丢了！

万明　吕莹,你哪来的那么多钱啊？你跟谁借的啊？

吕莹　什么跟谁借的,我摆地摊赚的,我起早贪黑忙活啥呢。

万明　3000……这都快赶上我一年工资了……

吕莹　那是我两个月赚的！

【万明递给吕莹包。

吕莹　怎么跑到你这儿了？

万明　强子送过来的。这钱不丢了吗,就当这段时间白干了,就此打住吧,过完年你也别干这个了。

吕莹　你拉倒吧！我这段时间起早贪黑地摆地摊,外面刮着大风刮得我满嘴沙子,你啥时候听我给你抱怨过,我那是憋着劲呢！好不容易能拿下来这个档口,你知道人家去年一共挣多少吗？

万明　不知道。

吕莹　说出来吓死你,30万！

万明　你别听人家瞎说！人家那是为了把档口盘出去……虚报的！

吕莹　万明你懂什么啊！我告诉你,这个机会对我来说太难得了,我必须得把握住。

万明　你没钱还拿什么把握啊。

吕莹　是啊,我就跟人家商量,能不能开了春或者过了年再把这钱送过去,可是他们是外地人,收了钱就回老家了不回来了,当时就跟我说,你们今天要是不交钱,这档口就转给别人了!

万明　这叫欲擒故纵!

吕莹　哎哟,给我急得啊!这辈子都没上这么大火啊!(万明转身去倒了杯水)

万明　后来呢?

吕莹　这不多亏了人家强子,你也知道强子家也不富裕,他们两口子都下岗了,最后他把全家的存款都拿出来了,又从他老丈人家给我借了800,我琢磨着吧,强子的钱我可以慢慢还,他老丈人的钱我得马上给他送过去,你那年终奖不正好800元钱吗,你赶紧拿出来,我给人送过去。

万明　出这么大的事你怎么不给我打电话啊?

吕莹　你还好意思说呢!我给家里给你单位都打了无数次了,找不到你人啊!你下午干吗去了?

万明　我下午陪领导看望离退休老干部去了,这不过年了嘛。

吕莹　说多少遍了让你买个BP机,联系起来方便,成天扣扣索索的,赶紧把钱给我。

万明　哎哟,我这钱……我有用。

吕莹　你有什么用啊?

万明　我正想跟你说呢,这两天单位派我出趟急差,我也不想去,领导非让我去,但是单位财务已经封账了,这差旅费我只能自己先垫上。

吕莹　这大过年的,去哪啊?

万明　去海……海拉尔……

吕莹　海拉尔?

万明　嗯。

吕莹　那怎么办呢……

万明　吕莹,我刚才不是说了嘛,过了年你就别再干了,你看看你现在,就俩月工夫,你老了多少啊!你说你天天这么风里来雨里去的,孩子也管不上,家里你也顾不着。依我看啊,你就在家先管好孩子,让云端把高考考完,至于这档口啊,你就直接转给强子,这钱不也是他一个人出的嘛,正好这钱也就不用还了。

吕莹　你现在瞧不上我了是吧,嫌我老了,你是看人家柳飘在海南挣大钱了,嫌我干这个给你丢人了,你心里痒痒了?我能跟她柳飘比吗?抛家舍业的,老公孩子都不要了一个人跑去海南,我那样行吗?那是去挣钱了吗?我听说她老公正跟她闹离婚呢。我还就告诉你,我要是去了,肯定比她强!我也就是有实力没魄力。

万明　是,你肯定比她强!但是,自古以来不都是男主外女主内嘛,你就在家看好孩子,钱,我来挣!

吕莹　你挣?云端马上要上大学了,欣欣也上高中了,这补课,资料,这不都是花钱的地方嘛,我爸身体又不好,我还惦记着给你买辆摩托车,我要指你那俩钱啊,早就揭不开锅了!

万明　我也知道我现在挣这点钱不够花,我不也在想辙呢嘛,你给我点时间,我这不马上要出差吗,这次就是个机会,具体情况我就不跟你说了,总之你得相信我。

吕莹　你刚说去哪出差?

万明　海拉尔。

吕莹　海拉尔……干啥去啊,倒腾羊毛去啊?海拉尔还是海南岛啊?你是不是想去海南找柳飘去啊?

万明　你怎么什么事都能往她身上扯啊?

吕莹　我借你八个胆!

万明　你借我八百个胆儿我也不敢啊!

吕莹　把800元钱给我。

万明　你怎么又绕回来了呢!这钱我出差得用!

吕莹　哎呀,咱自己紧着点都没关系啊,咱不能欠着人家老丈人的钱,这说不过去啊!

万明　那实在不行,我去跟强子说!我来解决。

吕莹　这钱就算不给强子,你也得给我,我两天没去看我爸了,医院那边催着交医药费呢!

万明　你爸那不都公费医疗吗?

吕莹　那公费不也得先垫上嘛!我说万明,一说给我爸花点钱,你瞧你那样!

万明　我不是那意思。

吕莹　万明,我明白了……这钱呀……

【敲门声响,强子进屋。

吕莹　呦!强子,那个……

万明　(万明挡住吕莹)呀!强子来了……我去跟强子说,咱俩不是说好了吗……

【万明带着强子进屋,把门关上了,吕莹在门外听着。

强子　哥,票买好了!

万明　(万明一看票)今儿晚上的啊?

张强　您不是说越快越好吗?

万明　行行,强子,我才知道你帮了你姐这么大忙,谢谢啊。

张强　嗨……你这……我们不是合伙做生意嘛。

万明　你姐借你那3000元钱,我们这一下实在拿不出来,你姐说今天必须得还你800,我也知道你们不容易……能不能再缓我两天?过完年一上班我就能给你(张强犹豫了一下)那这样,我今天晚上就走,等我到了海南就把钱汇给你,行吗?

【张强喝了一口酒。

张强　行吧,万科长。都在酒里了。
万明　强子,谢谢啊。
张强　没事没事。(转身就要走)
万明　哎!过年好啊!
【张强下场。
吕莹　怎么样?
万明　解决了。
吕莹　你怎么解决的?
万明　你甭管了,都解决了。
吕莹　那行,那我弄馅儿去啊,你把面和了吧!
万明　莹儿,我今年没法在家过年了,我这会儿就得走。
吕莹　啊?怎么这么着急啊。
万明　我托强子给我买票,后几天票都没了,就只能买今天晚上的。
吕莹　这强子也真是的,我看看!
万明　别看了,我这也得赶快收拾了,来不及了。
吕莹　你赶紧垫吧点东西,我帮你收拾。
万明　你包饺子吧!我自己收拾就行!
【万明开始收拾东西,进进出出。
吕莹　把我爸给你的皮大衣、皮帽子带上。
万明　不用。
吕莹　怎么不用?海拉尔冷!

万明　好好!

吕莹　去年给你织的厚毛裤套上!

万明　好。

【万明进进出出地收拾着,收拾好了之后拉上箱子的拉锁。

万明　我跟孩子们说一声。

【万明进屋,吕莹在屋里寻摸着还有什么东西再给他带上,拿上东西就往他箱子里塞,就看见箱子里全是短袖T恤,短袖衬衫,西装短裤,吕莹就明白了。

【万明从屋里出来,看见箱子是开着的,还装作什么事情都没发生一样,拉起箱子。

万明　吕莹……我就是怕你多想,我才没说实话。(停顿)我不是去海拉尔,我是去海南。但我不是去找柳飘,柳飘只是给我介绍了一份工作,你说我守着这个单位,当这个科长当了十年了,就这点死工资,养不了家,养不了孩子,我自己也憋屈,我觉得我现在还能再干几年,你看咱单位,是不是好多人都辞职下海了!你看咱们财务科的科长,他不就前两年辞职去海南了吗,在一家房地产公司做财务总监。你知道人家现在在干什么吗?人家都有自己的小轿车了,还有好些比我官大的,也都辞职下海了,现在也特别好,现在有这个机会我再不去,我怕我将来……想走我都走不了了!

吕莹　今天是咱们结婚纪念日,咱包饺子吧,我去剁馅儿,你把面和了,孩子都还没吃饭呢。(转身就往厨房走)

万明　(万明拦住吕莹)吕莹,你听我说,我时间来不及了,我这张票一百多块钱呢,我都没有办辞职手续,我先去看一看,如果那儿不好,我肯定回来!如果好了,我把你,把孩子都接过去,行不?(进屋去找孩子)

吕莹　我们不去。(继续往厨房走)

万明　吕莹你听我说!那我去海南能是为了我自己吗?我这不也是为了这个家,为了你和孩子吗!你在家好好照顾孩子,照顾好你爸。不管混得好不好,我肯定回来。

【电话铃响,万明接起电话。

万明　喂,定好了。今晚9点20。火车站见。

吕莹　办完手续再走吧。

万明　什么手续啊?

吕莹　离婚手续。

万明　干吗呀?我没想跟你离婚啊!

吕莹　是,你现在是没想,等你到了那个花花世界,就由不得你了,你刚才不是说那个财务科长吗?他走的时候也没想离婚,但是他走了就再也没回来。

万明　你怎么就不相信我呢?

吕莹　不是我不相信你,万明,你要真走了,这个家就真没了。

万明　(音乐起)吕莹你相信我,我肯定会回来的!这家不只有你,还有孩子呢。

吕莹　我求你了!你不走行吗?家里啥都不指着你,你就好好上班,啥事你都不用操心!

万明　吕莹,我是个男人,我的家不能靠女人养!其实要不要去海南我已经想了很久了,今天我必须走。(音乐渐收)

吕莹　(情绪非常激动)万明,你要走是吧……你别想出这个门!你要走,你先把婚离了再走!我可以跟你离婚,我自己赚钱养活两个孩子没问题!

万明　你别无理取闹了行不行!

【万明拿起东西就要走,电话铃响。

吕莹　接吧,狐狸精催你了。

【万明接起电话。

万明　(接电话)啊?马上过来……吕莹,你爸没了……

【吕莹崩溃了,蹲下。

【收光。音乐起。

万云端　这是他们第二次提到离婚。可因为我姥爷去世,这婚又没离成。他们又这么凑凑合合地过了下去。奇怪的是,这之后好久,他们都没吵过架,当然,也没怎么说过话。因为姥爷的去世,我妈一下老了好几岁。但她在动批盘的那个档口,也挣了一些钱,再说我爸,海南当然没去成,所以他也就彻底死了心,留在了这个国有企业里继续当他的科长,再也没提过辞职下海的事。紧接着,我上了大专,我妹妹考上了大学,接着我毕业找工作,妹妹出国,我结了婚……总之,那几年我们家的事不断,老两口既没有吵架,也没提过离婚的事。就这样,又过了十年。

【歌曲插曲进,《I believe》《暗香》《星晴》。

万云端　直到那一天……那是 2004 年的大年三十儿。

(第二幕完)

第三幕

【时间:2004年除夕。
【地点:北京。

【万明在家,揉面,吕莹唱着《无所谓》,在镜子面前打扮自己,电视里面传来脑白金的广告声音。
【吕莹正拿着扇子对着镜子涂口红,化得有点吓人。老万一瓶小二,一包花生米,怡然自得。
【吕莹关掉脑白金广告。

吕莹　耳朵聋了,不能小点声吗?

万明　你不是无所谓嘛……大过年的,您这是要去哪啊?

吕莹　街道组织孤寡老人联欢会,我有个节目。

万明　孤寡老人?那不都是些离异的、丧偶的啊,没家的人吗?

吕莹　那我跟他们有区别吗?

万明　那饺子馅儿有现成的吗?

吕莹　真逗!什么都想现成的啊!

万明　(吕莹继续唱歌,万明给朋友打电话),喂!老朴,上家里来喝酒!带上点饺子!家里没人,就我自己!

吕莹　哎哎!别把那老朴往我家里招啊,一来就喝多,喝多了就不走,你俩弄得家里乌烟瘴气、乱七八糟的,你也不收拾。

万明　(打着电话)喂,喂?喂?(挂电话)我打电话你能不能别吵吵!许你出去潇洒,还不许我找个朋友陪我聊两块钱的啊。

吕莹　要聊出去聊去啊,弄得乱七八糟的,你让我给你收拾啊,你以为我是你保姆啊!

万明　吕莹!你算算,一年到头我能吃上几顿你做的饭!还保姆,有你这样的保姆吗?(自己嘀咕着)一天到晚不着家……

吕莹　我不着家你着家!你把这当家了吗?这对你来说顶多算个旅馆!

万明　我工作忙啊!

吕莹　原来工作忙,你不早就退居二线了嘛?

万明　退居二线正是我人生新的开始。

吕莹　你这人生就开始喝酒了是吗？哎呀，真是没想到啊，你这年轻的时候啊滴酒不沾，还看看书，读个诗，什么的……老了老了，天天喝，顿顿离不开那个酒，我就不明白你这猫尿……

万明　（打断吕莹）酒逢知己千杯少，话不投机半句多！

吕莹　我就多余跟你说话！

【吕莹转身走了，万明唱着《无所谓》，去拿酒，喝酒。

【敲门，万明去开门，王娇上。

万明　那扇子忘带了！这钥匙……

王娇　您在家啊……

万明　（惊讶、高兴）哎哟！王娇来啦，来来来！快进来！你妈刚出去，她可不知道儿媳妇和儿子今年回来过年。

王娇　哎哟，这大过年的一个人喝呢？

万明　要不你也来一口？

王娇　万云端没回来吗？

万明　云端？他没回来呀？你们没商量好啊？那我给他打电话。

王娇　您甭打了，打不通。

万明　打不通？他可能是忙着呢，那就甭管他，等你妈回来让她给你包饺子。

王娇　我不在这吃了。

万明　啊?来都来了,怎么不在这吃饭啊,等会再喝点……

王娇　您儿子有可能回来陪您喝点吧。

万明　我不爱跟他喝……你们俩吵架了啊?

王娇　没有。

万明　肯定是,云端不懂事,你别跟他一般见识。你看他快三十的人了,就像个长不大的孩子,那脾气随他妈。

王娇　这些我都知道。

万明　但是这孩子本质不坏,就是有点晚熟,但是晚熟的孩子,一旦他成熟了,说不定能成大事,你得给他点时间。

王娇　恐怕我是等不到他熟起来了。

万明　孩子……你这话什么意思啊?

王娇　我们俩要离了。过完年就办手续。

万明　这是什么时候的事啊?

王娇　这一句两句说不清楚,回头您自个儿问他吧。

万明　大过年的怎么还闹离婚呢?怎么了?出什么大事了?

王娇　您甭问了,我今儿来是跟你们商量房子的事的。

万明　什么房子?

王娇　就是我们俩现在住的那个房子。当初不是咱们两家,一家一半,掏钱买的吗?现在我们俩要离了,这房也得分啊。要不咱把这房子卖了,钱,两家半儿劈;要不这房子你们留着,按现在的市值,给我一半儿的钱也成。

万明　那事得慢慢聊啊。

王娇　您得抓紧,现在这房子一天一个价。

万明　啊……我给你妈打个电话啊。

【吕莹回来拿落在家里的扇子。

吕莹　哟,娇来了!

王娇　妈,我妈知道您爱吃点心,特地让我给您带了点。

吕莹　呦!闺女,那就谢谢你妈啊!这大过年的,我还想着过去看看你妈。给孩子倒水啊!

万明　人家不是来拜年的,是来闹离婚的!你赶紧问问吧,我给那小子打个电话。

【万明进屋打电话。

吕莹　娇啊,是不是那小子又惹你生气了,没事,你跟妈说,妈替你出头。

王娇　他现在谁的话能听得进去啊。

吕莹　那不能,他是我身上掉下来的肉。他敢不听我的,我揍他!

王娇　您想揍他您能找着他人在哪吗？我都半个月都没见着他了。

吕莹　什么？他半个月都没回家了？

王娇　打电话也不接，QQ上刚看见他，人家下线了！

吕莹　他前段时间上我这来，也没跟我说这事啊。

王娇　就他干的那些事，他哪有脸提啊？

吕莹　呦，娇，那我们家云端都干什么了？

王娇　他要么就不回家，一回家就打CS，一玩就玩一宿！QQ和MSN天天挂着，也不知道跟什么乱七八糟的人聊天，只要我一动电脑，人换密码了！他要是心里没鬼，他能这样嘛！

吕莹　娇，你跟妈说这些，妈也不太明白啊……

王娇　您还不明白，您儿子外面有人了！

吕莹　啊？

万明　我打电话了啊！那小子马上回来！

王娇　你们要是不相信，等他回来你们自己问他吧。

吕莹　（吕莹起身给王娇倒杯水）娇啊，我觉得是你想多了，我儿子绝对不是这样的人，你跟妈说说，他因为什么半个月不回家呀？（王娇不搭理）你们才结婚多久啊……（还不搭理）你说一个大男人，半个月不回家，那总得有个理由啊？娇没事，有什么你说！

王娇　就那天晚上,他又打了一晚上CS,而且跟他们一帮哥们联网,大呼小叫了一晚上,吵得我跟我妈都没睡好,第二天早上我妈就不太舒服,平时都是我妈做早饭,我心想那就我做吧!三个人早饭都是我一个人做的!您不是不知道,我从小到大没做过家务,可自从跟万云端结了婚之后,他什么都让我做,他连一只袜子都不洗,行,他让我做我就做,我不会做我让我妈教我,您不觉得他有点太大男子主义了嘛!就那回,我姥姥住院,我妈回去照顾两天,就我们俩在家,按理说我做饭,应该他洗碗,我做一顿饭,他不洗,后来我又做了一顿,他还是不洗,后来都没有碗用了,池子里都长毛了!还是我妈回来洗的,你说多气人啊!

【万明听着生气地拍了一下桌子。

万明　太不像话了!

吕莹　你坐下!娇啊,那也不至于吧?

王娇　我还没说完呢!就那天早上,我不是一个人做了三个人的早饭嘛,按理说他该洗碗吧,他不但不洗还进屋倒头就睡,我当时也有点生气,我就进屋拽他,好嘛!他一脚给我踹到地上了,妈你知道我们那床头柜有多硬吗,实木的,还有雕花!他一脚我那头直接磕雕花上了!

万明　那得多疼啊……

王娇　当时就出血了！我妈当时肯定着急,就说了他几句,他就冲我妈吼,还让我妈走！您也知道我们家情况,我妈一直一个人,让我妈去哪啊？她能去哪啊？我就说了两句气话,凭什么啊？凭什么让我妈走啊,再说了这房子我妈也出了一半儿的钱,要走也是你走！到现在,半个月都没回来！

吕莹　娇啊,你说这两口子哪有一上来就合适的呀？就你爸厂里进的那新机床,嘎吱嘎吱那且磨合呢！

王娇　人又不是机器……

吕莹　妈就是打个比方嘛！

万明　这都什么比方啊……

吕莹　娇,那你说,接下来咱们怎么收拾这小子？

王娇　离婚。

万明　孩子,你把问题想简单了,离婚可不那么容易！

吕莹　娇,你说这两口子过日子,哪有不磕磕绊绊的。你看我跟你爸年轻的时候打得头破血流的！但从来都没提过离婚。(看着万明)是不是！

万明　啊……

【万云端回家进门。

万明　云端！给王娇道个歉……

万云端　(把手里的酒递给万明)呦！来了,拜年来了?知道错了,道歉来了?

　　王娇　(冷笑了一下)无聊……

　　万云端　咱俩谁无聊?

　　王娇　你无聊!

　　万云端　你无聊!

　　王娇　你无聊!

　　万云端　你妈最无聊。

　　王娇　你妈!您听见了吧,他是怎么说我妈的。

　　吕莹　云端!你还有理了是不是!你这天天玩电脑,你还不洗碗,还跟人家动手,还不尊重长辈!

　　万云端　呦,都说了,王娇,我还真没发现,你是这样的人啊,咱俩吵架,你还来我家打小报告来了。

　　吕莹　什么打小报告啊,你赶紧说你半个月不回家你上哪去了?

　　万云端　行,既然都说了,我就告诉你们,我一个老爷们被逼到什么程度,才能半个月不想回家!王娇,我发现你真能演啊,结婚前结婚后完全就是两个人!结婚前你来我们家帮我妈包饺子,帮我爸收拾卫生,敢情都是装的!结了婚以后你连油瓶子倒了都不扶……这些都无所谓,但那天我就真忍不了!那天晚上我回家吃饭,在饭桌上她妈就问,最近挣的钱都哪去了?怎么没交给娇娇啊?说着说着俩人就轮番数落我,觉得我不务正业,没上进心,挣得少!

王娇　最主要就是懒!

万云端　看见了吗?说得我一无是处。我那天心烦,睡不着,就多上了会儿网。

王娇　你那是上网吗?你那是鬼哭狼嚎!

万云端　早上我刚睡着没一会儿,她就叫我起来吃早饭,我说我不吃,非让我起来吃。

王娇　妈你听见了吗?我让他吃早饭,我错了!

万云端　当时你说什么来着?我这么伺候你,你还不领情!行,饭我吃了,情我领了,我刚想睡会儿,又让我洗碗!我说我睡醒了再洗,她就说我在外面没本事也就罢了,家里的活得干啊!我就没搭理她,我就继续睡觉。她和她妈跟疯了似的,冲进卧室一把就把我被子掀了,我当时就穿了一条三角短裤,她们娘俩就站在床边非让我起来,我没动她就拽我,我当时把腿那么一收,完了……她就倒在地上撒泼打滚!非说我踹她!

王娇　(打断)你那叫收腿吗?

万云端　她们娘俩就开始骂街啊,街坊四邻都来了!她们说,你没有资格在这个家当大爷!

王娇　万云端能不能别在那胡说八道。你自己干了什么,你心里不清楚吗?

万云端　我干他妈什么了?

王娇　你整夜整夜上网,跟谁撩骚呢?

万云端　我撩骚谁了我!

王娇　那为什么我一碰你电脑,你就换密码?

万云端　你凭什么碰我电脑?凭什么看我QQ?凭什么查我通话记录?

王娇　你要是心里没鬼心虚什么啊?你也可以查我的啊。

万云端　我没你那么贱。

王娇　你才贱呢。

万云端　行了我不想跟你吵了。你说怎么办吧。

王娇　离婚!

万云端　谁不离谁是孙子。

【吕莹怒了。

吕莹　行了,这大过年的闹够了没有啊!

王娇　既然你们家人都在,那我就把话说开了,要不把这房子卖了,两家一人一半儿,要不,您要这房子,给我一半的钱。

万云端　你有完没完。

吕莹　闭嘴!娇啊,你说我们得给你多少钱。

王娇　我到中介去问了,这房子起码80万,你们得给我40万。

万云端　你疯了吧你!

吕莹　行了!王娇,这40万,我们一时半会儿也拿不出来。这事能不能先缓缓,过了年再说。

王娇　过了年我们就办离婚手续,办手续之前得先把财产分割清楚,得写到协议里。再说了这房子一天一个价,我跟我妈也不能老租房子啊,既然你们拿不出钱,那就卖房吧。

万云端　滚!

王娇　行,那就这么定了。

【王娇扬长而去。

万云端　妈,爸。对不住了,大过年的,给你们添堵了。

万明　儿子没事。房子卖就卖了,你回来住,这不咱还挣20万嘛!

吕莹　万明!这都什么时候了,你喝多了吧你!

万明　我说得不对吗?这不明摆着嘛,两个人都过不下去了,你还勉强什么呀?

吕莹　你放屁!这才结婚多长时间就离,这说出去不让人笑话吗!

万明　那让人笑话也总比在一块凑合强啊,那日子是过给别人看的还是过给自己的啊?

吕莹　反正我不许离!

万云端　(打断父母)行了你们别吵了!我离婚你们吵什么!我买包烟,一会儿回来吃饺子。

【万云端下场。

万明　哎?你不是有节目嘛?你还去不去啊?不

去那包饺子吧,你儿子刚才不说了吗,要回来吃饺子。

吕莹　万明,你还有当爹的样吗?孩子出这么大事了,你跟没事人似的。

万明　这事已经很清楚了啊,他们俩一离,房子一卖不就解决了吗?

吕莹　你还真让他们离啊?孩子不懂事,当爹妈的还能不懂事啊?这世界上没有俩人是完全合适的,都要互相忍让。

万明　谁说婚姻非得相互忍着。人一辈子就这么几十年,没必要活得那么憋屈。既然不幸福,那就好聚好散。

吕莹　什么好聚好散啊,咱孩子离了,这就成二婚了,就咱家这条件谁跟他啊?

万明　没人跟就一个人呗,一个人逍遥自在。

吕莹　万明,对,这些年,有我跟没我一个样。你这是一个人逍遥自在的日子过惯了吧。

万明　人家萧伯纳说了……

吕莹　别跟我扯这个,我这辈子过成这样,我认了。但是我孩子不行,过完年,拿着东西带着云端,去王娇家道歉。就这么定了。

万明　吕莹,这辈子你在这个家里,什么事你都要做主,这是俩孩子的事,你做得了主吗?俩人都不幸福,干吗非要在一起耗着呢?

吕莹　万明,我听明白了,你跟我在一起耗着,也快过不下去了吧?

万明　说儿子呢,你往我这扯什么啊?

吕莹　你说十年前,咱俩要是真离了,你是不是就解脱了……

万明　那过去的事,还提它干吗?

吕莹　那年因为我爸的事,你没走了,我看你天天失魂落魄的。

万明　谁失魂落魄的。

吕莹　你的心都不在这个家,我当时提出跟你离婚是想放你走。

万明　那单位领导不是调解了嘛,咱不是也去民政局了嘛,离婚申请都交了,单位领导出面调解了嘛,咱俩不是模范夫妻嘛,影响不好嘛,后来还是没离成嘛。

吕莹　那要是说当时单位不出面调解,咱们真离了,你是不是就不会像现在这样了?

万明　我现在什么样了? 不挺好的嘛。

吕莹　天天就这么喝,什么都对你无所谓,万明,现在就咱俩,我也跟你说说心里话,按说我也没到那个岁数,早早就跟我分居了。

万明　你不是嫌我喝酒打呼噜嘛!

【吕莹笑而不语。

吕莹　你那次没去海南,是因为可怜我对吧?

万明　当时的情况都那样了,我能走吗?

吕莹　我明白了,我虽然只是初中毕业,但我不傻。(进音乐)1994年,正是咱们单位最困难的时候,你又当了十年科长了,所以当时柳飘在海南给你介绍的那个职位,对你来说可能是个最好的机会了,你本来有机会改变自己的人生,后来因为我父亲的事你没去成,反正不管怎么样,从那以后,你就跟变了个人似的。你年轻时候的那股劲啊,一下都没了。万明,说心里话,我挺不得劲的,我觉得,是不是因为我才让你变成这样的。

万明　这跟你有什么关系,我就是想开了! 做人何必那么较真呢。

吕莹　万明,你以前不是这样的人,你知道吗?你现在过得越来越不像你了。我心里那个万明啊,应该是那个充满激情和朝气,大口吃饺子大声读诗的那个万明。要是因为我,因为我们这段婚姻让你变成今天这个样子……那是我对不住你。(音乐渐收)

万明　你这胡说八道什么呢! 你不是有演出吗?你要么去演节目,要么去包饺子!

吕莹　万明! 咱们在一块儿都快三十年了,你今天能不能跟我说句心里话!

万明　你想听我说什么呀?

吕莹　万明！

万明　那我就说句心里话……我觉得萧伯纳那句话说得挺好的,要想结婚的就去结婚,要想单身的就去单身,反正到最后都会后悔的。

吕莹　我知道你后悔了。

万明　哪儿跟哪儿啊！这是人萧伯纳说的！

吕莹　那我也不耽误你了！

万明　你说什么呢？大过年的,你别闹了行吗？

吕莹　不闹了,十年前,归根结底是因为我真不想离,咱们才没离成。十年了……今天咱俩也算是聊开了,我也没什么念想了,咱先高高兴兴把年过完,正月初八,咱们跟孩子一起,民政局见。

万明　吕莹,你别闹了,咱都这把年纪了,别让人看笑话了行吗？

吕莹　万明我没闹！就算我求你了,你就放过我,让我过两年安生日子行吗！

【沉默良久,万明喝了口酒。

万明　你想明白了？

吕莹　想明白了。

万明　好……随你,你要是想离,咱俩就离。

【定格。

【收光。

【万云端走到话筒那里。音乐起。

万云端　没想到,我离婚的事,把二老又惹急了。他们结婚都快三十年了,又提了离婚,而且这次是铁了心了。当然,这几年以来他俩的婚姻也早已经名存实亡了。虽然生活在同一屋檐下,但就跟两个陌生人似的,你忙你的我过我的,而且早就分了居。说实话,这期间,我都有好多次想跟他们说,既然过不下去了何必勉强。但是哪有儿子劝父母离婚的呀,所以我每每话到嘴边还是咽了回去。你们肯定想问,那这次他们俩离成了吗?(万云端笑了笑)还是没有。当然,我是离了。说也奇怪啊,经历了那么一次不成功的婚姻之后,我的生活好像一下子都顺了,事业上有了起色,挣了点钱,也买了房,又结了婚,而且还当了爸爸。这一晃又是十年。

【歌曲进,插曲《空白格》《平凡之路》《匆匆那年》。

万云端　今天是2014年的大年三十。

(第三幕完)

第四幕

【时间:2014年除夕。
【地点:北京。

【2014年的除夕。客厅。《来自星星的你》音乐起。
吕莹　老万,你知道为什么都敏俊是外星人吗?
万明　我哪知道?
吕莹　长得又帅,又有钱,又专一,地球上哪有这样的人啊?
万明　你能看点正常的,这都胡编乱造的,外星人能跑地球上来啊?
【换台。
【音乐起,《亮剑》主题曲。
万明　你看这多好看啊,讲的都是人性,我还不是吹,我看的档次就是比你高,你说你现在看《花千骨》,之前是《甄嬛传》,在往前《还珠格格》,几十年都没变!

吕莹　行,你有品位,你看的那电视剧好,手榴弹炸飞机,手撕鬼子,裤裆藏雷,800里外一枪击毙鬼子,那距离都赶上北京到济南了。

万明　我看的就是比你品位高,《亮剑》《北平无战事》《盗墓笔记》。

万云端　哎呀,哈哈哈,还《盗墓笔记》呢,那你去电影院去看看《白发魔女传》吧。

万明　那还用去电影院?

【光急收。

万云端　我多希望他们俩还能像这样一直吵下去,小时候,我和我妹妹那么讨厌他们俩吵架,可是今天,我才发现,原来这是世界上最好听的声音。

【缓缓起光。

【万明推着吕莹从舞台后区上场,吕莹坐在轮椅上,身形枯萎。

万明
那是十多年前
我沿着红色大街疯狂地奔跑
我跑到了郊外的荒野上欢叫,
后来,我的钥匙丢了。

心灵,苦难的心灵,不愿再流浪了,
我想回家,打开抽屉,翻一翻我儿童时代的画片,
还看一看那夹在书页里的翠绿的三叶草。
而且,我还想打开书橱,取出一本《海涅歌谣》,
我要去约会,我向她举起这本书,
作为我向蓝天发出的爱情的信号。
【吕莹无法表达。只能哼哈发出声音。

吕莹　嗯……

万明　想起来啦,这首诗叫《中国,我的钥匙丢了》。三十年前我就给你读过的。知道今天是什么日子吗?

吕莹　嗯……嗯……

万明　对,今天是咱们的结婚纪念日,38年了。来,吃核桃。

吕莹　嗯……

万明　别挑食,医生说了,吃核桃对小脑好,多吃点水果对身体好,来吃一块,哎,慢点嚼啊!

吕莹　嗯……嗯……

万明　还要吃这个啊。

吕莹　嗯……

万明　你每天也得自己动动啊,医生不说了嘛,多活动活动有助于恢复肌肉。

【万云端,儿媳妇上,抱着孩子。

月儿　爸,妈,我们回来啦。

万明　哎哟,月儿啊云端啊,你们回来啦,你看他们回来看你来啦!

万云端　妈,这是欣欣从美国给你寄回来的按摩器,她还说,等您好了,她和大卫要接您去美国玩儿呢!

月儿　来叫奶奶。

吕莹　嗯……嗯……

万云端　我来我来。

月儿　你能行吗?

万云端　能行!不哭了啊,可能要睡了,我带孩子进屋睡会。

月儿　把被子盖好了啊。

吕莹　嗯……

月儿　妈你说什么?

万明　你妈说,这么长时间不见大孙子,说长得好看了,皮肤白,说像你。

月儿　哈哈哈,像云端!

万明　说你长得好看!(跟吕莹说)月儿是长得好看。

月儿　爸,我来吧。

万明　哎哟,这个你不会。

月儿　爸,我去学了,云端让我学的。

吕莹　嗯……

万明　是！儿媳妇好！

吕莹　嗯……嗯……

万明　你妈说啊，等过完年有时间，让云端陪着你，回老家看看你爸妈。

月儿　妈你就甭操心了，过完年我爸妈来北京看我们，还来看您呢！

吕莹　嗯……嗯……

万明　她说你爸妈岁数大，到时候我们应该去看你爸妈。

【万云端从屋里出来。

月儿　睡着了？

万云端　着了！

月儿　真有本事。

万云端　你去看着点，别让孩子踢被子。

月儿　爸，我先进屋了。妈，我进屋看着果果了啊！

【儿媳妇进屋。

万明　云端啊，陪你妈聊会天，我下饺子去。

吕莹　嗯……嗯……嗯……嗯……

万云端　我妈说，这两年可算把你练出来了，以前一包饺子就找现成的馅儿，现在，您全会了。

万明　那也没你那馅儿和的好吃！

【老头就要走。

【万云端抱着电脑。

万云端　爸爸,您等会,跟你商量点事。

万明　等我忙完了。

万云端　您先看这个!

【打开电脑。

万明　这什么呀?果果的照片啊?

万云端　不是。我给您看我一朋友刚上的项目,酒店式养老公寓。环境特别好,里面医疗设备、娱乐设施一应俱全,都是最先进的。

万明　你什么意思啊?要把我们老两口轰养老院去啊?

万云端　不是你们俩,是我妈。

万明　你妈不去!万云端你脑子想什么呢?你妈辛苦了一辈子,她那么疼你。都现在都病成这样了,还送什么养老院啊?

吕莹　嗯……嗯……

万明　你别说了,我都说了多少次了,不行!

吕莹　嗯……嗯……嗯……嗯……

万云端　妈您别激动了,我帮您说吧。爸,我妈说,她跟您吵了一辈子了,原本以为2005年就离了。结果,刚过完年,就发现自己得了这个病。其实一开始她没指着您能照顾她,当时就跟我提过上养老院的事。后来她没想到,这么多年下来,您一直在她身边照顾她,照顾得还那么好。她这个病,虽然行动不便,甚至现在说话都有困难,但是脑子非常清楚。所以我每次回家,她都跟我唠叨。她说这些年,(音乐起,一直延续到最后)可真是苦了你爸了。自从她生病以后,你酒也不喝了,也不出去玩了,还提前办了内退。她生病脾气也不好,有时候说你,甚至骂你,你也不跟她吵。我妈说,她这一辈子,就是心太高,所以找了你这么个文化人,她也知道,总有一天,是留不住你的。没想到老了老了,你倒不走了。我妈一直跟我说,她这个病,这么熬人,这么耗人,她不能一直耗着你。有你这十年的照顾,她心满意足了。所以她逼着我,让我一定给她找个养老院住进去,好让您……过几天安生日子……

万明　（打断）云端,不说了,你说你都这么大年纪了,怎么还这么不懂事呢?你妈这个病,别人照顾不了。你看,首先,现在除了你和我,没人听得懂她说话。你妈有什么要求,别人听都听不懂,还说什么照顾她。

吕莹　（含糊不清）我去……去!

万明　不去!家里不好啊?行了你别说了。再一个,你妈这个病情一般人不了解,小脑萎缩每个人的病情发展都不一样,你看她一开头还只是走不稳,后来就开始出现,手啊,脚啊,都不听指挥,到现在,话都说不清楚。这么长时间了,无论是饮食起居,还是物理治疗、按摩,我现在也已经是半个专家了。

【吕莹含糊不清地嘟囔。

万明　你看你妈这脾气,一点就着啊,我们相处了这么多年了,跟我都这样,到了陌生环境里,跟别人怎么相处?再说,万一你妈老跟人发脾气,那人家能真心对她好吗?

吕莹　　嗯……嗯……

万明　(对吕莹说)行了,你别胡思乱想了。你现在的任务,就是别偷懒,每天让你锻炼你就锻炼,该吃什么别挑食,少发脾气。这么多年了,我现在是酒也不喝了,也不出去玩了,也没什么朋友了,我现在就会照顾你,就这么一件事。你说真要把你送走了,我以后的日子,我都不知道该怎么过。吕莹啊,年轻的时候你老说我想跑,这到老了,你想往外跑了?我告诉你,有我在,你跑不了了。

【月儿出。

万明　行了!你陪你妈聊天,我去下饺子!

吕莹　(含糊不清)嗯……

万云端　爸,我帮您。

月儿　我来陪妈,你帮着爸下饺子吧。

【万明跟儿子挥挥手,走进厨房。

【月儿给吕莹按摩,万明在厨房下饺子。
【万云端走到话筒前,唱主题曲《拿什么去爱你》。
万云端　（唱歌）
《拿什么去爱你》

一点一点一滴
都成为回忆
一天一天一年
人生就像演戏
无论结局是悲是喜
也曾投入全心全力
纵然剧情曲折离奇
终于发现
爱
才是主题

拿什么去爱你
有些话说不出口
只怕再也来不及
该怎么去懂你
有些事过了好久
才明白它的意义

而我

拿什么去爱你

【在歌声中,万明端着饺子上,月儿把孩子抱出来,万明喂吕莹吃饺子。在絮絮叨叨中收光。

【缓缓谢幕。

————全剧终————

【剧本】

为了一个梦

For a dream

王生文

作者 / 王生文

作者简介

王生文,笔名笑天,河南卢氏县人,卢氏县委党校副教授,中国作家世纪论坛优秀作家,中国现代作家协会会员,河南省影视家协会会员,江山文学顾问,卢氏县作协顾问。曾撰写了大量优秀论文,并多次荣获河南省党校系统优秀科研成果奖和"五个一工程"奖。他所创作的小说曾在《奔流》《百花园》《参花》《洛神》等国内许多刊物上发表。

出版有《情系玉皇山》和《月是故乡明》等影视作品集,其中《情系玉皇山》已由河南电视台拍摄播出且获得了省"五个一工程"奖。电影剧本《传奇的红五星》荣获第七届重影杯提名奖。

1.铁道线上　晨外

一列南下的火车正划破宁静的晨曦向前飞驰着。一个学生模样的姑娘坐在车窗口兴奋地向前张望着,她就是乔慧慧。

伴随着画外音:出生在梦南县乔家村的青年学生乔慧慧,一心想实现当编剧的梦想,她如愿以偿地考上了北方电影学院。她欣喜若狂地拿着录取通知书向父母报捷,没想到父亲竟把录取通知撕了个粉碎。乔慧慧一气之下便离家自寻实现梦想的门路。不料竟被一家冒牌影视公司拉往南方做娼妓。然而,她却以为自己正在奔向梦想之门。

2.火车内 晨内

车厢里,十几个学生模样的姑娘活跃异常。她们一个个喜出望外地瞧着车窗外那美丽的江南水乡,兴奋地相互叫喊着:"哎,你看那儿多美!再看那儿,荷花多美呀!"

唯独乔慧慧一动不动地坐着,两眼目光呆滞,一副心事重重的样子。

一位姑娘用手在乔慧慧的眼前摆了摆道:"乔慧慧,我们未来的大编剧,你别傻想了,你看看到哪儿啦?"

乔慧慧惊疑地道:"到哪儿啦?"另一位姑娘取笑地道:"到《梦》的拍摄现场啦!"

乔慧慧惊慌地站起来道:"啊,那咱们还不快下车!"说着望着对面的一中年男子征询地道:"王经理,是真的吗?"

王经理用手摘下墨镜指着那群姑娘道:"别听她们瞎说,还早着呢!得到晚上才能到呢!"

3.南方某城市新兴旅馆客房内 傍晚内

这是一个拥有十几个床位的大房间。客房内吊挂着一台大彩电。一群姑娘们正坐在床位上,说说笑笑地看着电视。

乔慧慧正趴在床头柜上专注地改写着电视剧

《一个女生的剧本梦》的故事梗概,她改得十分专注。

特写:《一个女生的剧本梦》的故事梗概

此刻,王经理掂着一兜矿泉水推门进来,紧跟着进来的是一位端着一盘子盒饭的年轻人。

王经理扫视了一下房间道:"姑娘们,大家旅途辛苦了!你们到这里人生地不熟,请不要到处乱跑,这里的社会秩序不比你们农村,弄不好会上当的!所以大家就不要出去吃饭了!"说着指着身边端盘子的年轻人道:"饭我已让小张师傅给大家送来了,每人一盒鸡腿盒饭,外加一瓶矿泉水。饭后你们就在这儿休息,明天我就领大家去影视公司试镜,好不好?"

"好!谢谢王经理!"姑娘们齐声欢呼着。

姑娘们蜂拥而上在领着盒饭和矿泉水。

唯有乔慧慧仍无动于衷,她依然专注地写着故事梗概。

姑娘们开始吃着各自的盒饭。

王经理把盒饭和矿泉水放到乔慧慧的桌上道:"乔慧慧,吃饭要紧!"

乔慧慧停下笔抱歉地道:"噢,对不起!谢谢王经理!"

王经理狡黠地道:"别客气!咱们真是有缘分啊!你想想,我们正在拍的电视剧是《一个女生的剧本梦》,你要写的电视剧也是《一个女生的剧本梦》,缘分啊!明天,我们的大编剧李佳音一定会接见你的!"

乔慧慧激动地:谢谢王经理!

4.新兴旅馆大厅外　夜外

王经理刚刚步出旅馆大厅,那个送盒饭的年轻人迅速将他拉到一边,咬着王经理的耳朵轻声问:"怎么样?吃了没有?"

王经理道:"这会儿正吃着呢!哎,我说你小子下得药量保险吗?可别闹出人命来!"

那年轻小伙子道:"没事!保证让她们睡到夜总会再醒来!"

王经理如释重负地道:"那就好!夜里10点你来拉人!"

那年轻小伙子道:"知道了!"说着转身打开一辆面包车的门,驱车而去。

5.新兴旅馆客房内　夜内

姑娘们睡得正香。

乔慧慧捂着肚子从床位上下来,往室外走去。

6.走廊里　夜内

乔慧慧急急往洗手间跑去。

7.洗手间里　夜内

乔慧慧先是来到洗手间的水龙头前一阵狂吐。接着转身推开厕所门便蹲下去解手。

此刻,两个服务员说着话走进来。

隔着挡板,乔慧慧看到两双高跟鞋一前一后地进了俩便位。

近处的一服务员道:"哎,你看见没看见那群姑娘?"

远处的那位服务员道:"看见了!一个比一个长得漂亮啊!"

近处的那位服务员道:"可怜哪!还兴致勃勃地以为被招来当女演员呢!她们岂会知道把她们送那儿去呢?"

蹲在一旁的乔慧慧不禁打了个寒战。

近处的那位服务员掩嘴"嘘"了一声道:"小点声!别叫老板听见了,要不咱俩的饭碗非砸了不可!"

一阵水声响过后,俩服务员先后离去。

乔慧慧屏住呼吸,提起裤子,急忙走出洗手间向楼下逃去。当她刚下到楼梯口时,她却又回头往客房方向轻轻地走去。

画外音:我必须把剧本草稿拿出来!

乔慧慧刚刚走至门口,就听客房内有动静,听见屋内传来了话音:"快,快装!"

乔慧慧爬至门缝一瞧,不禁倒吸了一口气,原来王经理正站在屋子中央,指挥着三个小伙子道:"快,快装!"

　　三个年轻力壮的小伙子正在慌慌张张地用麻袋装着正昏睡着的姑娘们,一边装一边扎着口袋绳子。

　　王经理用手指点着麻袋道:"1、2、3……怎么少一个?"

　　乔慧慧转身就逃,不慎跌了一跤。

　　屋内传来王经理的话音:"外边有人!快追!"

　　俩小伙子立即甩门而出,向乔慧慧跌到的方向追去。

　　乔慧慧疯也似的向楼下跑去。

8.新兴旅馆门外　夜外

　　乔慧慧冲出门外向前疯跑着。

　　接着两个小伙子也冲出来道:"在那边!快追!"

　　乔慧慧拐进一个胡同里。

9.胡同里—建筑工地　夜外

　　胡同里一片漆黑,唯有建筑工地的大门口亮着灯。

　　乔慧慧向工地门口奔去。

　　两个小伙子也向工地门口追去。

10.建筑工地的简易门房内　夜内

　　简易门内亮着灯,一位六十多岁的老头正坐在灯下写着什么,他那宽广的前额与半秃的头顶连成一片,在灯光下泛着油光,头发已经花白,前额头早已沁满了汗珠子。他不时用手巾在额前擦一把汗,继续在稿纸上写着。

突然,门被"哐"的一声推开了,随之而入的便是失魂落魄的乔慧慧,她"扑通"一下跪在老头的面前,祈求地道:"大伯,快救救我!外边有人追我……"

老头反应十分敏捷,他立即上前扶起乔慧慧劝慰道:"快起来!别害怕!有我李老头在,就有姑娘你在!"说着把乔慧慧往床上一推道:"闺女!你先委屈一会儿啊!"李老头从床头拿过手电筒,随手将屋内的灯拉灭,又把屋门锁上,边走边照着手电筒朝大门口走去。

11.建筑工地大门口　夜外

李老头探头一瞧,不远处有两个人正往门口追来。李老头立即关上大门并上了锁。

李老头刚一转身,就听见门外有人边敲门边喊着:"开门!开门!"

李老头转身不慌不忙地道:"喊什么喊?你们是干什么的?"

门外两个小伙子道:"我们来找一个人!"

李老头问:"什么人?"

门外两个小伙子道:"一个女人!你见着没有?"

李老头慢条斯理地道:"对不起!没见着!"说着便往回走。

门外一个小伙子急忙道:"喂,老头,你回来!你不说实话,我们就翻门过去找!"两人说着便真的往大门上翻着。

此刻,李老头一转身用手电筒照着两个小伙子威严地道:"你们下去不?你们如果不下去,别怪我李老头不客气了!"说着便拿出手机佯装呼叫着:"喂!你是110吗?我是李佳音,现在有两个小偷企图翻门行窃,望你们火速前来缉拿!"

爬在上面的一位小伙子边下边道:"快下!这李老头原来就是大编剧李佳音!"

两个小伙子被吓得跳下门就跑。

李老头摸了一下前额,不解地道:"他们怎么知道我李佳音就是大编剧呢?没想到我还有这么大的威慑力!"

12.门房内　夜内

李佳音把灯打开道:"闺女,出来吧!他们被我吓跑了!"

乔慧慧从床下出来,对着李佳音连连鞠躬道:"谢谢大伯救命之恩!"

李佳音道:"别这样! 闺女,听口音你是河南人吧?"

乔慧慧道:"不错! 俺是河南豫西人!"

李佳音道:"噢,原来咱们是老乡嘛! 闺女,你一个人怎么跑到南方来了呢? 难道你不怕上当受骗吗?"

乔慧慧道:"大伯,我这次就是为了找大编剧李佳音才上当受骗的! 现在想起来还害怕……"

李佳音惊疑地道:"原来是这样啊? 闺女,你坐下慢慢说好不好?"

乔慧慧在床边坐下慢慢地诉说着:"大伯,我是豫西洛阳市梦南县乔家村人,我在豫西高专毕业后又考上了北方电影学院文学系……"

13.时空闪回到乔家院内　日外

一个六十多岁农民正在院内劈着柴火,他就是慧慧的爸爸。

厨房内,慧慧妈一边包着饺子,一边朝外边正在劈柴的慧慧爸道:"慧慧她爸,饺子快包完了,下不下锅?"

慧慧爸道:"等一会吧,等慧慧回来再下。"

就在这当儿,乔慧慧手拿着入学通知书兴高采烈地跑进院子喊道:"爸,妈! 我考上了,考上了!"

慧慧妈喜出望外地从厨房里走出来道:"慧慧,叫妈看看,又考上哪儿啦?"

乔慧慧给妈指着通知书道:"妈,俺终于考上北方电影学院啦!"

慧慧妈激动地道:"太好了!妈没白养活你!"说着撩起围裙哭了起来。

乔慧慧扑到娘怀里道:"妈,你别哭!你应该为女儿高兴才对!"

早在一边听得不耐烦的慧慧爸,把手中的斧头一撂,气冲冲地道:"高兴个屁!"说着站起来指着慧慧:"你只图你高兴!你问问你爸我高兴不高兴?你问问你考上高中的小兄弟高兴不高兴?"

慧慧妈试探着道:"她爸,咱再想想法子,行不?"

慧慧爸突然从慧慧妈手中夺过那张通知书道:"没钱人的法子只有一个,不上!"说着便把通知书撕了个粉碎。

慧慧和慧慧妈都惊呆了。

14.时空闪回到现在门房内　夜外

李佳音惋惜地道:"太可惜了!"

乔慧慧道:"我一气就离家出走,去寻找我那被撕毁的梦。我发誓,不实现我的梦,我永不回家!"

15.时空转回到梦南县东城门口　日外

城门口的广告栏下早已挤满了看广告的人。

乔慧慧从不远处走了过来。

乔慧慧抬头一望，一张特大号的招聘广告映入她的眼帘，她加快脚步走了过去。

招聘启事特写镜头：

李佳音影视公司招聘启事

本公司系大编剧李佳音投资开办的大型影视公司。公司正在拍摄一部反映当代女学生生活的电视剧《一个女生的剧本梦》，现急需招聘十名女演员，年龄18岁至30岁，大专以上学历，品貌俱佳。有专业特长者优先录用。望有志者前来报名应聘。

报名地址：县宾馆大楼201房间

乔慧慧看完招聘启事，又从长带挎包里掏出笔和稿纸，用笔记下报名地址。

乔慧慧记报名地址的特写镜头。

16.县宾馆大楼201房内　傍晚内

王经理正坐在一张办公桌背后的老板椅上，跷着二郎腿，手拿着招聘表在一张一张地翻看着上面的照片，口里还不断地念叨着："不错！不错！一个比一个漂亮！"

就在这时，门外传来了乔慧慧的叫门声："王经理在吗？"

王经理应声道："请进！"

乔慧慧推门而入道："王经理，你好！"王经理佯装在审查招聘表，头也不抬地道："你先坐！"

乔慧慧焦急地等待着。

王经理看完表，端坐起来道："你是不是想来应聘？"

乔慧慧腼腆地道："是，王经理！"

王经理道："你什么学历？"

乔慧慧道："大专，豫西高专的，25岁……"

王经理从桌上拿起招聘表故作惋惜地道："太可惜了！你来晚了！你看，现在已经招够数了！"

乔慧慧乞求道："王经理！你能不能再多招一名！我不仅想当演员，而且我有创作电视剧本的爱好。我做梦都想见见大编剧李佳音，想请他多多指教！王经理，你就收下我吧！"说着欲跪。

王经理忙上前拦住道："别这样！既然你要求如此迫切，我答应你！我会让你见到李佳音的！"

17.时空闪回到现在门房内　夜内

李佳音拍案而起道："简直是一群流氓骗子！"转而问乔慧慧道："他们住在哪个旅馆？"

乔慧慧道："他们住在新兴旅馆！"

李佳音拿出手机拨通公安局的电话："喂，市公安局吗？我是18号楼工地李老头！新兴旅馆住有一伙冒充李佳音影视公司的诈骗犯，有9名女学生已被他们劫持!请你们立即搜捕这伙混蛋!"

18.市公安局门口　夜外

市局的几辆警车呼啸着飞驰而去。

19.门房内　夜内

李佳音望着乔慧慧道:"你不是想见大编剧李佳音吗?我与他是老同学了!你要见他怎么能跑到南方来呢?他在北方!我给你写封信,你到李佳音影视公司总编室找他!"

乔慧慧喜出望外地道:"谢谢大伯成人之美!"

李佳音拿起笔问道:"闺女,你叫什么名字?"

乔慧慧道:"我叫乔慧慧!"

李佳音一愣道:"叫什么?"

乔慧慧道:"乔慧慧呀!怎么?这个名字不好听吗?"

李佳音道:"好听!好听!"

李佳音边写信边道:"我这个老同学有个怪脾气,没有作品的作者他是不见的!你最好把你的作品带上去!据说他最近要办一个电视剧作品研讨班,你如果能跟上更好!"说着把信装进信封里,交给了乔慧慧。

乔慧慧感动地道:"谢谢大伯!"说罢转身欲走,却又回身,"大伯!小女子敢问恩公的大名吗?"

李佳音笑着道:"信里不是有吗?我叫李学民!"

乔慧慧羞愧地鞠了一躬道:"对不起,大伯!我走了!"

20.建筑工地外　夜外

乔慧慧站在门外向正在关大门的李佳音招手道:"大伯再见!"

不远处,一辆白色面包车迎面开了过来。车灯的强光照得乔慧慧无法睁眼,只好站着用手遮掩着强光的照射。

面包车内坐着一位剃着光头的司机,大约三十多岁,他就是建筑工地的工头吴天良。他看见乔慧慧站着一动也不敢动,便将车咔嚓一声停在了乔慧慧的身旁。

吴天良从车上跳下来拦住乔慧慧,两只醉眼直勾勾盯着乔慧慧的胸部,结结巴巴地道:"你,你站住!你是干什么的?为什么深夜从我的工地大门出来?你八成不是个好人!"

乔慧慧战战兢兢地道:"大哥!我是好人!我是找门卫李伯有事!"

吴天良上前拉住乔慧慧的手道:"好啊!你找那个李老头?他是个老光棍!能干什么好事?走!跟我走!"

乔慧慧欲喊"李伯"来救她,吴天良用手捂住乔慧慧的嘴威胁道:"你再喊,我捂死你!"说着便把乔慧慧连拖带拉地弄进了车里,将车门砰地一关,开车向市郊驶去。

21.市郊—荒凉的草地上　夜外

吴天良的面包车在草地上停了下来。

面包车在剧烈地晃动着。

车内传来乔慧慧谩骂的声音:"你是个畜生!你混蛋!"

车内传出吴天良得意的声音:"别骂了!再骂我就……"

车内无声无息,只见车身在不停地晃动着。

车内灯亮起,乔慧慧披散着头发,泪水顺着两颊往下滴着,接着便抱头痛哭起来:"老天爷呀!我的命咋这么苦呀!"

吴天良用手猛一拍方向盘吼道:"哭什么哭!老子我要你了!明天我就开车送你回老家结婚!老子在村里是首富!多少小闺女想跟,我还看不上眼呢!咋啦!亏着你啦!你答应不?"

乔慧慧无奈地道:"我?"

吴天良狰狞地道:"我什么我!"

乔慧慧无奈地道:"我答应!"

吴天良道:"这就对了！我老爸在家正等着抱孙子呢！"
　　乔慧慧胆怯地道:"可我……"
　　吴天良道:"有什么就直说！别吞吞吐吐的！"
　　乔慧慧道:"大哥,你让俺把电视剧写完……"
　　吴天良道:"没问题！俺家的条件好着呢！你就在家好好写吧！我巴不得你能成为大编剧呢！"
　　乔慧慧天真地道:"谢谢大哥！"
　　吴天良道:"这回感到不吃亏了吧？你跟我是你的福分！你知道看大门的李老头吗？一个六十多岁的老头子,什么都不顾,一心要搞什么电视剧本。靠什么呀？靠看大门挣钱搞创作！真是异想天开！可你就不同了,有我支持,保准能成名！"说着又把乔慧慧抱在怀里。
　　乔慧慧把吴天良一推道:"你还要答应我一个条件！"
　　吴天良道:"什么？你说！"
　　乔慧慧道:"你要待那李老头好些儿！他是我的救命恩人！"
　　吴天良道:"好好好！我答应你！"

22.字幕:一月后。李佳音影视公司大厦　日外
　　一辆黑色轿车驶入大厦院内。

李佳音从车内下来,司机道:"李总,什么时候来接您?"

李佳音道:"中午我要招待电视剧研讨班的作者,你就不来了,晚上来吧!"

门口保安向李佳音致意:"李总你好!"

23.大厦走廊内　日内

李佳音朝总编室走去。

李佳音打开总编室的门走了进去。

24.李佳音的总编室内　日内

李佳音刚坐定,一位三十多岁的秘书刘亚楠拿着文件夹进来道:"李总,这是研讨班的报名册,请你过目!"

李佳音接过文件夹仔细地审阅着。

李佳音看完问道:"亚楠同志!怎么没有乔慧慧的名字和作品呢?"

刘亚楠不解地问:"李总,你是说哪个乔慧慧?乔慧慧不是李总夫人的名字吗?她已经……"

李佳音道:"我说的不是她,是一位热爱电视剧创作的业余作者!"

刘亚楠道:"唔!原来是同名同姓啊!要不要我去查询一下?"

李佳音若有所思地道:"她在哪儿呢？不用查了,咱们还是去开会吧！"

25.川平县兴福村东头玉米地里　日外

一望无际的玉米地里,齐腰深的玉米叶子绿油油的,在随风荡漾着。只见乔慧慧与另一个三十多岁的妇女在一前一后地锄着玉米苗。走在前边的妇女正是吴天良的前妻——大凤,她锄得轻松自如,落在后边的乔慧慧早已累得汗流浃背,脊背上的衬衣湿了一大片,她时而直起腰,擦擦脸上的汗,继续追赶着前边的大凤。

乔慧慧气喘吁吁地道:"大凤姐,你真能干！你等等我好不好？"

大凤直起腰转身叹了口气道:"唉！我这样能干有什么用？吴天良不是照样把我甩了！"

乔慧慧不解地道:"大凤姐,你干活、缝衣、做饭,样样都那样能干,他为什么把你甩了呢？"

大凤道:"慧慧妹子！我今儿实话告诉你,我就是不会跟他生孩子,他才把我甩了！可他又看我能干,就不让我离开他家,要我伺候他那个偏瘫多年的老爹！"

乔慧慧叹息地道:"唉,真是苦了大凤姐啦！"

大凤道:"苦我不怕！可我就是受不了那老东西的欺压啊！"

乔慧慧惊疑地道："啊？这怎么可以呢？你应该离开这个家！"

大凤道："你还年轻，你又是大学生，你不理解我的处境！我文化太低，又不会生孩子，谁还敢要我？在农村也只有忍受一辈子屈辱啦！"

乔慧慧倔强地道："大凤姐，你不能这样下去！"

大凤道："你是不了解这个吴天良呀！你以为他会真心支持你搞剧本创作吗？他说话从来不算数的！你现在不是照样得在地里背着日头干活吗？"

乔慧慧道："大凤姐！他答应把我写的剧本直接送到李佳音影视公司的！"

大凤道："你信吗？你的剧本恐怕早已被扔进垃圾堆里啦！"

乔慧慧惊疑地道："不会吧？"

大凤道："信不信在你！我劝你别再搞什么创作了！还是安心跟人家生孩子吧！"

突然，天上响过一声惊雷，豆大的雨点噼里啪啦地砸了下来。

大凤背起锄头道："慧慧，快走！要下大雨啦！"

乔慧慧背起锄头跟着大凤跑出玉米地。

下着瓢泼大雨。

大凤与乔慧慧在雨中奔跑着。

26.吴天良的客厅内　傍晚内

吴天良坐在客厅的沙发上看着黄色光盘。

电视屏幕上正上演着一猛男强奸一弱女子的画面。

站在楼梯上的吴麻子,正扶着楼栏杆艰难地往下走着。突然,吴麻子"哎哟"一声从楼梯上滚了下来。手里的拐杖直摔到吴天良的跟前。

吴天良急忙上前扶起吴麻子道:"爸!你怎么敢一个人下楼呢?摔着了没有?"

吴麻子在吴天良的搀扶下站起来结结巴巴地道:"下……下雨啦!大……大凤,她……她去哪儿啦?你赶快去找找!"

吴天良扑哧一笑道:"爸!你挺爱见大凤的嘛!她去哪儿啦?"

吴麻子道:"她,她可能与慧慧去……去锄地啦!"

此刻,大凤与慧慧被雨淋得像落汤鸡一样冲进客厅内。

乔慧慧走进内间去换衣服。

大凤正欲上楼去换衣服,吴天良喊住大凤道:"大凤!你给我站住!你干啥去啦?"

大凤一动不动地道:"我帮慧慧去锄玉米了!"

吴天良厉声道:"谁让你去的?你狗逮老鼠多管闲事!刚才咱爸差一点摔坏腿,你知道不?过来,先把咱爸背上楼去!"

大凤走到吴麻子跟前欲背,乔慧慧从屋内冲出来道:"大凤姐!我来帮你!你一个人背不动,咱俩往上抬!"说着就从后面抓住吴麻子的两只胳膊根儿,疼得吴麻子直叫唤。

吴麻子连声叫道;"别,别抬了!也别背了!让我慢慢上!"

吴天良一把推开乔慧慧道:"你给我滚开!"转而又指着大凤道:"你背不背?"

大凤无可奈何地:"我背!"

吴麻子却说:"天良,还是先让大凤换了衣服再背吧!要不她浑身都是泥水……"

吴天良吼道:"快去换衣服!"

27.楼上大凤住室　日内

大凤在床边儿刚把湿衣服脱掉,正在换干衣服。

吴麻子一瘸一拐地走了进来。

大凤道:"你别过来!我求你了!"

吴麻子毫不理会地道:"你别不识好歹!要不是我在天良那儿替你开脱,你不仅得把我背上楼,还少不了一顿打呢!"说着将拐杖一扔,把大凤按在床上。

28.楼下吴天良住室　日内

乔慧慧闷闷不乐地坐在床边。

吴天良走到床边摸着乔慧慧的肚皮道:"让我看看肚子里有没有?"

乔慧慧不耐烦地道:"讨厌!有没有对你是大事,对我是小事!我问你,我的剧本你寄走了没有?"

吴天良道:"寄走了!怎么啦?"

乔慧慧道:"寄给谁了?"

吴天良道:"寄给你说的那个李佳音啦!"

乔慧慧道:"那剧本怎么连个音信也没有呢?"

吴天良道:"你以为你是谁?无名小卒一个!人家是大编剧能轻易给你回信吗?再说了,你那剧本肯定没选上,选上才能参加研讨会呢!你就别再做梦摘星星了!还是安心跟我生个小宝贝吧!"

乔慧慧倔强地道:"剧本写不成功,你就别想叫我给你生孩子!"

吴天良一耳光打过去道:"反了你啦!你不给我生孩子你就别想走出我吴家的大门!"说着就上去掐住乔慧慧的脖子威胁道:"说!你给我生不生?不生我就掐死你!"

29.吴家客厅内　傍晚内

吴麻子和吴天良吃完饭,把碗一推都躺倒在沙发上。

大凤和乔慧慧在收拾着桌上的碗筷,然后往厨房里走去。

吴麻子和吴天良在看电视。

大凤和乔慧慧刚从厨房走进客厅,吴天良道:"大凤,你扶爹上楼去洗洗脚!"

大凤扶起吴麻子往楼上走去。

乔慧慧从桌下抽屉里拿出稿纸正欲往住室内去,吴天良黑丧着脸道:"回来!去给我端盆热水来!"

乔慧慧放下稿纸,往洗澡间走去。

乔慧慧端着一盆热水放在吴天良脚前,顺手拿起稿纸就走。

吴天良两脚放进盆里边对搓着边道:"回来!你晚一会儿去写你那臭剧本!先给我洗洗脚!"

乔慧慧不乐意地瞅了一眼吴天良道:"你……"话说到嘴边儿又咽了回去,她无奈地走过来,俯下身子,低头用手洗着吴天良的两只臭脚。

吴天良得意忘形地道:"这不就对啦!只要你好好伺候我,我亏待不了你!"

乔慧慧一边用手搓着盆里的脚,一边望着吴天良乞求道:"天良,我想把稿子写成后,直接去一趟影视公司,你看……"

吴天良道:"只要你乖乖地给我怀个孩子,你去哪儿都成!"

乔慧慧默不作声地洗着吴天良的脚。

30.字幕:三个月后

吴天良住室　晨内

乔慧慧正趴在写字台前,专心地写着那部十五集的电视剧剧本《一个女生的剧本梦》。

桌上一厚摞写过的稿纸的特写镜头:十五集电视剧《一个女生的剧本梦》

大凤掀开门帘进来,把一壶水放在桌上道:"慧慧妹子,你歇歇喝杯茶再写!别累着了!"

乔慧慧直起腰,用一只手摸了摸已挺起的肚子道:"不累!谢谢大姐的关心!"

大凤道:"别坐得时间太长!要出去多转转!免的到生的时候不好生!"

乔慧慧搁下笔,用手托着肚子,感激地望着大凤道:"谢谢大姐的提醒!"

大凤关切地道:"这些日子天良对你还好吗?"

乔慧慧道:"还好!就是工地上忙,很少回来睡!不过他不回来也好,我晚上正好可以安静地写我的剧本!"

大凤叹了口气道:"唉,你可别只顾写你的剧本,不顾他在外面干什么呀!"

乔慧慧不解地道:"大凤姐,难道他这些日子不回来睡,在外边另有心欢啦?"

大凤神秘兮兮地关上门,转身走近乔慧慧道:"有件事我给你说了,你可别把我给卖了啊!"

乔慧慧:"大凤姐,你放心吧!我就是死也不会出卖你的!"

大凤道:"喜新厌旧是男人的通病!可吴天良这毛病大着呢!你没来这里前,他就好在工地上瞅拾人家民工的女人,只要有点姿色,他就把人家引到红玫瑰旅馆开房间玩儿!你可要多留点神,别到后来弄得鸡飞蛋打啊!"

乔慧慧道:"谢谢大凤姐提醒我!我把稿子赶写完就去找他!

31.红玫瑰旅馆豪华间内　夜内

吴天良赤身坐在床上朝洗澡间内喊道:"媛媛!快点嘛!"

洗澡间内传出媛媛那娇滴滴的声音:"良哥,你急什么嘛!我马上就完!"

吴天良床头的手机响。

吴天良瞅着手机不耐烦地自言自语道:"真扫兴!这个时候打手机!"说着顺手拿起手机,"啊!是慧慧的电话!"

手机铃声还在响着音乐。

洗澡间内传来媛媛的声音:"良哥,是谁的电话,怎么不接呀?"

吴天良道:"工地上打来的!真烦人!"说着打开收听键压低声音道:"慧慧,我的亲爱的!你有什么急事明天见面说好不好?我正忙着安排明天的活呢!"

乔慧慧的声音:"我明天就去送稿件!你今晚回来不回来?"

吴天良道:"今晚不回去!我还得住工地!明天上午我回去送你!"说着便关了电话。

此刻,媛媛从洗澡间里走出来问:"良哥!到底是谁的电话啊?"

吴天良道:"工地打来的,问明天的卷扬机让谁开呢?"

媛媛道:"你说让谁开呢?"

吴天良一把搂过媛媛道:"让你开!怎么样?"

媛媛道:"谢谢良哥的关照!那我男人怎么办?"

吴天良道:"你男人不能来这儿干活,我让他到我的朋友工地上也开卷扬机,怎么样?"

媛媛抱住吴天良道:"谢谢天良哥!"

吴天良一翻身压在媛媛身上道:"要谢,得这样谢!"

32.火车站候车室内　日内

乔慧慧正在排队准备进站。

乔慧慧兜里的手机响。乔慧慧打开手机道:"喂,我是慧慧,你是大凤姐呀!我现在在火车站,什么?

啊？我马上回去！"

33.火车站外　日外

乔慧慧急促地向一辆出租车招手。

乔慧慧钻进出租车道："快！到兴富村！"

出租车飞驰而去。

34.吴天良的住室内　日外

吴天良正在把媛媛往床前抱着。

冯媛媛不好意思地道："良哥，大白天在你家这样，不怕你爸和你那前妻看见？"

吴天良道："什么都不怕！你就住在这儿与我玩几天！我那位去送稿子得些儿天才回来呢！"

就在吴天良与冯媛媛紧抱在一起狂吻时，门"哐"的一声开了，吴天良与冯媛媛惊呆了。

吴天良愣了半晌才回过神来道："你？你怎么又回来了？"

乔慧慧怒不可遏地道："吴天良！没想到吧？你这个丧尽天良的！竟然把这个婊子领到家里啦！你们太不要脸了！你们大白天竟干出这种伤天害理的丑事！"说着举起手中的公文包朝冯媛媛边打边吆喝道："我与你这个婊子拼啦！"

冯媛媛吓得藏到吴天良的身后。

吴天良从慧慧手中夺过公文包往地上一摔道："你冷静一点好不好？"转而对冯媛媛道："你还不快跑？"

冯媛媛这才仓皇冲出门外。

乔慧慧跟着冲出门外道："我饶不了你！"

35.街道上　日外

冯媛媛在前边疯跑着。

乔慧慧在后面拼命地紧追着。

大凤手里拿着那个公文包站在大门口呼叫着："慧慧！你的公文包！小心肚子里的孩子！"乔慧慧毫不理会地依然猛追着。

吴天良从大凤手中夺过公文包道："你多管闲事！看她往哪跑？"

36.川平县的街道上　日外

冯媛媛穿过街道往对面的巷子里跑去。

乔慧慧气喘吁吁地追至街口，眼望着冯媛媛消失在对面的巷子里，她不顾街道上正在行驶的车辆，正欲往前冲，突然觉得肚子一阵剧痛，便昏倒在街中心，她的身下顿时流出一片殷红的血。

此刻，一辆黑色轿车"咔"的一声停在了乔慧慧的身旁。

李佳音从车内下来,拨开围观人群,俯身一看,惊疑地道:"慧慧?"说着转身对小张道:"小张,快!把她放到车里去!"

小张与李佳音把乔慧慧放进车里。

李佳音坐在车后扶着昏迷中的乔慧慧道:"多灾多难的慧慧啊!你一定要挺住啊!小张,开快点儿!"

小张开着车飞驰而去。

37.吴天良的宅院内　日内

大门上已贴上了白对联。门内门外冷清无人。

客厅内的草铺上躺着一个死人。

空荡荡的大客厅内,只有冯媛媛和她那位瘸子男人戴着孝布守在灵前。

吴天良坐在客厅里焦急地等待着,大口大口地抽着闷烟。

冯媛媛抬起头道:"天良哥!村里人怎么还不来?你不出去催催他们?"

吴天良无奈地道:"你看我这重孝在身能出去吗?"说着从兜里掏出手机拨号:"喂!我的好村长呀!算我求你啦!这抬棺材的人找到没有?"

电话里传来村长的声音:"我说天良啊!请你原谅!现在各家各户都在收玉米,实在找不到人啊!"

吴天良道:"我的好村长!我出钱行不行?"

电话传来村长的声音:"这不是钱的问题!"说着就把电话断了。

吴天良把手机"啪"地一关骂道:"都是他妈的害红眼病的!我离了兴富村的人照样埋人!"说着就对冯媛媛道:"媛媛你在这儿守住灵,我去工地安排抬棺材的人!"又指着瘸子道:"你去坟上催催打墓的人!"

就在这时当儿,两个农民工模样的年轻人风风火火地走进来。

吴天良急问:"你们可回来了!情况怎么样?"

一位大个子道:"吴老板,我们俩找遍了你们县城里的医院,都没有乔慧慧的下落!"

吴天良自语道:"她会在哪儿呢?她会不会……"转而又问另一位年轻人道:"那个该死的大凤有没有下落?"

那位年轻人道:"没有!"

吴天良道:"那就到她娘家找去!"

那位年轻人道:"大凤是孤儿!没娘家!"

吴天良恶狠狠地道:"这个该死的张大凤!我老爸的死与她脱不了干系!她肯定是拿着公文包去找慧慧去了!她就是跑到天涯海角,你们也要把她找回来!你们现在就去车站找!找回来让她给我老爸送葬!"

两个年轻人犹豫地道:"这……"

吴天良不耐烦地道:"这什么这?有我吴天良在,你们怕什么?快去!"

两个年轻人应声道:"哎,我们这就去!"

38.省人民医院病房内　日内

乔慧慧正昏睡在病床上,吊瓶里的液体正在一滴一滴地注入慧慧的血管。

病床边守护着的是李佳音办公室的那位女秘书——刘亚楠。

乔慧慧缓缓睁开眼睛,侧脸瞅着在床边的刘亚楠同志迷茫地道:"我这是在哪儿?大姐,你是……"

刘亚楠道:"小乔同志,你终于醒来了,你已经昏迷两天了!这是省人民医院!我是刘亚楠……"

乔慧慧感激地望着刘亚楠道:"多谢刘大姐的救命之恩!"

刘亚楠道:"小乔同志,你要谢就谢我们的李总,是他把你从现场拉到这里来的!"

乔慧慧不解地道:"李总?他是谁?我怎么不认识他呢?"

刘亚楠道:"你怎么不认识他呢?他说他认识你!"

乔慧慧自言自语道:"不可能吧!"

刘亚楠道:"李总是我们影视公司的总经理、总编剧,我们都习惯称他李总!"

乔慧慧道:"是不是叫李佳音?"

刘亚楠道:"就是他!这一回想起来了吧!"

乔慧慧激动地道:"刘大姐,我正想找他呢!"说着欲起身。

刘亚楠用手按下乔慧慧道:"小乔同志,你别激动!你的身体很虚弱,需要好好休息治疗。我们的李总也在找你呢!他会来看你的!"

乔慧慧急切地道:"刘大姐,快扶我起来!我要找件东西!"

刘亚楠扶起乔慧慧道:"小乔同志,什么东西,你这么急?"

乔慧慧在枕边翻来翻去,焦急地道:"我的文件包呢?"

刘亚楠道:"什么文件包?我们从没有见你拿文件包啊!"

乔慧慧眼前突然闪过她用文件包摔打媛媛时的情景。

乔慧慧这才失望地道:"文件包掉在家啦!这……"

刘亚楠安慰地道:"掉在家里好办!待你康复后再回去取不就行啦!"

乔慧慧叹息道:"刘大姐,你是不知道我的处境啊!文件包还不知落在谁的手上呢!"

刘亚楠道:"文件包对你很重要吗?"

乔慧慧道:"刘大姐,那是我用血和泪写成的电视剧手稿啊!"

39.川平县汽车站外电话亭　日外

大凤手里正拿着一个文件包走进电话亭内。

大凤向四周张望了一下,便迅速拨着电话道:"喂,你是慧慧吧?我是大凤!我有急事找你!你现在在哪儿?"

电话里传来乔慧慧的声音:"大凤姐!我在省人民医院!"

大凤急切地道:"你那稿件和公文包我都找到了!那份稿件就没寄出去,被吴天良压在那老东西的床下!公文包也在那老东西的床下!我今晚就给你送去!"

电话里传来乔慧慧激动的声音:"大凤姐!我太感谢你啦!我在省人民医院218病房等你!"

大凤放下电话,付了电话费,走出电话亭。

电话亭不远处停着一辆白色面包车。车内驾车的一个年轻人道:"她出来了!"

坐在旁边的那个年轻人道:"跟上去!"

大凤在前边走着。

那辆白色面包车上突然跳下两个人把大凤拖进

了车内。

面包车飞驰而去。

40.省人民医院病房内　夜内

乔慧慧在病房内焦急地等待着,她不时走下床到门口张望着,走廊内一片寂静。

乔慧慧坐在床上陷入沉思。

画外音:大凤姐怎么还不见来呢? 难道她被吴天良抓回去了吗?

门外传来了敲门声。

乔慧慧急速奔向门口,边走边惊喜地叫道:"是大凤姐吧! 可把你盼来啦!"说着把门拉开,站在她面前的不是大凤,而是李佳音。

乔慧慧迟疑地望着李佳音道:"啊? 这不是李伯吗? 你怎么知道我在这儿呢? 快进来吧!"

李佳音微微一笑道:"我听李佳音说你在这儿呀!"

乔慧慧激动地道:"他告诉你的! 李伯,你与他都是我的救命恩人哪!"

站在一旁的刘亚楠"扑哧"一笑道:"小乔同志! 他就是李佳音! 我们公司的总经理、总编剧!"

乔慧慧不解地道:"李伯,你不是叫李学民吗? 怎么会是这样呢?"

刘亚楠道:"李学民是李总的化名!他为了能够在深入基层时,贴近人民,贴近生活,了解到真实的情况,他就经常用这个名字!你与李总不是在南方一个建筑工地认识的吗?他当时就在那里写《农民工》那部电视连续剧呢!"

乔慧慧"扑通"一下跪在李佳音面前,边磕头边动情地道:"李伯!乔慧慧我给你磕头啦!你就是我的再生父母哇!"

李佳音急忙扶起乔慧慧道:"好闺女!快起来!你的身体还没有完全恢复,要好好在这里养病!"

乔慧慧倔强地道:"不!我得马上回去!我一天也待不下去了!"

李佳音惊疑地道:"为什么?身体要紧啊!"

乔慧慧道:"我那稿子比身体更要紧!我失去了孩子,不能再失去我的稿子!我怕回去晚了稿子会落到吴天良手里,我要把电视剧手稿拿来亲手给李伯,以此报答李伯的救命之恩!"说着就往室外冲去。

乔慧慧刚到门口就欲晕倒。

李佳音与刘亚楠急速上前把乔慧慧扶到床上。

李佳音安慰道:"好闺女!还是听大伯的话!待身体康复后再回去取也不迟!"

刘亚楠也劝慰道:"你还是听李总的话!安心养好身体再说!"

乔慧慧气喘吁吁道:"你们不知道吴天良有多坏啊!"

李佳音不解地问:"闺女,你怎么与吴天良走到一起了呢?我在他那工地深入生活时,就深知他不是个好东西!他欺压农民工的事儿实在令人发指!"

乔慧慧擦了一把眼泪道:"李伯,刘大姐!也许我的命就该这么苦啊!李总刚把我从虎口里救了出来,没想到又遇上了吴天良那只狼,他当夜就强暴了我,而且威逼我与他同居生子,我无奈只好答应了他!他答应支持我搞电视剧创作,可后来,我的电视剧《一个女生的剧本梦》第一稿写成后,是他寄给李总你的,可李总你收到了吗?"

李佳音道:"没有收到哇!"

刘亚楠道:"当时研讨班开始前,李总还问我,有没有乔慧慧的作品?原来是这样啊!"

乔慧慧惋惜地道:"我就这样失去了一次学习创作的机会!我现在才知道,原来吴天良就没有寄出稿件!稿件被吴天良压在了他老爸的床下!后来我答应给他生一个孩子,他才让我写了第二稿。就在我准备把稿子直接送给李总你时,就发生了吴天良与冯媛媛在家偷情的事儿。因为吴天良答应我送稿件回来就正式结婚,可他竟如此背叛我。所以我一气就用装着稿件的包向与他偷情的冯媛媛打去,吴天良却夺过我手中的文件包,放走了冯媛媛。于是我便不顾一切地追了出去。

李佳音接着道:"后来你就昏倒在大街上,对吧?现在不仅丢了孩子,而且差一点把命都丢掉,太危险啦!也太可惜了!"

乔慧慧道:"现在看来,孩子没了倒没什么可惜的,可惜的是我失去了一次聆听你的教诲的机会,更可惜的是,我不该把文件包和稿子丢在家里,那是我苦苦追求的梦啊!"

李佳音道:"现在什么都别想!要专心养好身体,待身体康复后再说。常言道,留得青山在,不怕没柴烧!"

乔慧慧道:"李总,我不想在这里多住,过两天我想出去租个房子住下静养些日子,然后就回去取稿子。"

李佳音道:"只要你的身体有所好转,想出去住可以,但不必在外边租房住,就住我们家,我住公司好了,你看怎么样?"

乔慧慧不好意思地道:"那不太合适吧?"

刘亚楠道:"挺合适的!李总家没有别人,他的亲人都在国外,你不住,房子也是三天两头空着。"

41.李佳音宅院外　日外

李佳音宅院坐落在市郊风景区紫金山公园的旁

边。这是一所单门独院的小红楼,周围绿树成荫,鸟语花香。

此刻,刘亚楠正在大门口等候。

一辆轿车向站在大门口的刘亚楠驶来。

轿车在大门口缓缓地停稳。

李佳音和乔慧慧从车内走下来。

李佳音向迎上来的刘亚楠道:"小刘,屋内都收拾好了吗?"

刘亚楠道:"李总,一切都安排就绪!就等着小乔同志入住啦!"

乔慧慧感激地道:"多谢刘大姐的精心安排!"

刘亚楠道:"不,这一切都是按照李总的吩咐安排的!你要谢就谢我们的李总!"

乔慧慧不好意思地道:"谢谢李总的精心安排!"

李佳音道:"你要谢我不能只凭口头感谢!你要以实际行动来感谢我才对!"

乔慧慧道:"那你就让我马上回去把稿件拿来!"

李佳音道:"稿件先别着急拿!你在这里一边休息,一边把《梦》的故事梗概写出来让我看!如果故事情节曲折动人、题材新颖,同时又能适应市场的需求,你再回去取剧本手稿也不迟。只要是好剧本,我会投拍的!"

乔慧慧兴奋地道:"太好了! 我一定按照李总吩

咐去做！"

李佳音转而对刘亚楠道："小刘同志！我还要到公司去开一个会，小乔同志我就交给你照顾啦！"

刘亚楠道："放心吧，李总！我会照顾好她的！"

李佳音道了声"再见"，便坐进了车内。

刘亚楠与乔慧慧同时向车窗内正在招手的李佳音招着手道："再见！"

42.李佳音的宅院内　日内

刘亚楠领着乔慧慧走进院内道："怎么样？这地方不错吧？"

乔慧慧指着院中花坛内的花木道："太美啦！简直是个小花园！"接着便跑到一棵梅花树下道："刘大姐，这一定是梅花，这就是兰花！"

刘亚楠应声道："不错！这是李总亲手栽培的！"

乔慧慧道："看来李总挺喜欢梅花和兰花！"

刘亚楠道："他不仅喜欢梅花、兰花，他更喜欢竹菊！"说着指着对面花坛内的一簇青竹和周围的菊花道："你看那花坛内的青竹和菊花怎么样？不错吧？"

乔慧慧感慨万分地道："太令人心驰神往啦！真可谓雅斋卧听萧萧竹，一枝一叶总关情啊！这院中的四君子，足以凸显李总的人格魅力啊！"

刘亚楠道："不错！李总剧作的魅力比他的人

格魅力更令人神往呢！你想不想先到李总的书房看看？"

乔慧慧喜出望外地道："太想看啦！"

43.李佳音的书房内　日内

书房内一排排书架上放满了各类书籍。

乔慧慧惊叹地道："哇，这么多书啊！简直是个图书馆！"

刘亚楠指着标有李佳音作品的书架道："小乔同志，你来看！这就是李总几十年来的作品专柜！"

乔慧慧走过去望着书架惊讶地道："这么多作品啊！"说着便在书架上搜寻着她想要看的书。

突然，一本由李佳音和乔慧慧编著的《影视文学剧本创作谈》映入她的眼帘。

特写镜头：《影视文学剧本创作谈》李佳音乔慧慧编著

乔慧慧拿着书迟疑地问："刘大姐！这乔慧慧是谁？她与我竟然是同名同姓！太巧合啦！"

刘亚楠道："真是无巧不成书啊！这个乔慧慧就是李总的夫人！"

乔慧慧惊奇地望着刘亚楠道："啊，原来是李总的夫人！太了不起啦！她现在在哪里？也在国外吗？"

刘亚楠沉默了片刻，叹了口气，沉痛地道："唉，多么好的一个人哪！可不幸的是，她在三年前就去世了……"

乔慧慧惋惜道："唉，老天爷为什么这么不公呢？好人为什么不长寿呢？"

刘亚楠指着乔慧慧手中的那本书道："这本《影视文学剧本创作谈》，就是乔阿姨与李总最后合著的一本好书！也是乔阿姨留给我们后人最宝贵的精神财富了！"

乔慧慧天真地问道："那李总不是太孤单了吗？他为什么不再娶呢？"

刘亚楠道："是啊，李总确实太孤单了！他自从失去了乔阿姨后，我们与他的儿女们都劝他再娶，可李总却在住室内书写了两句诗挂在墙上来回答我们。"

乔慧慧急切地问："哪两句诗？"

刘亚楠道："就是曾经沧海难为水，除却巫山不是云！"

乔慧慧赞叹地道："多么可敬的李总啊！他对乔阿姨的爱，爱到绝处啦！"

44.李佳音的住室内　夜内

住室的墙上挂着李佳音与乔慧慧的彩色双人照。

照片的两边挂着李佳音所写的那两句诗：曾经沧海难为水，除却巫山不是云。

乔慧慧凝望着照片和诗句在痴痴地追寻着其中的奥秘。

画外音:曾经沧海难为水,除却巫山不是云!

乔慧慧对着照片深深地鞠了三个躬道:"李伯,乔阿姨!请你们收下我这个学生吧!也请你们帮我实现我的梦想吧!"

乔慧慧急匆匆地走到桌前,拿起笔,坐下在稿纸上开始写着。

特写镜头:《一个女生的剧本梦》故事梗概

乔慧慧时而伏案疾书,时而抬头苦思冥想着。

45.紫金山公园　夜外

公园内一片寂静。

公园上空灯火通明。

远处传来了钟鼓楼上的钟声。钟声在一下一下敲着,直敲到午夜 12 点。

46.李佳音宅院住室内　夜内

乔慧慧听到外边传来的最后一响钟声,放下笔,站起来朝着李佳音和乔慧慧的照片如释复地道:"李伯,乔阿姨!你们应该祝贺我!祝贺我写完了故事梗概!明天就可交你审阅啦!"

47.李佳音影视公司大楼内　日内

李佳音健步向总编室走去。

李佳音刚走进室内,桌上的电话铃响。

李佳音拿起电话道:"喂,你是小刘哇!什么事?"

电话里传来刘亚楠的声音:"乔慧慧已经把故事梗概写完了,你有没有时间看啊?"

李佳音道:"她写得好快啊!你让她把稿子拿过来吧!"

48.李佳音宅院门口　日外

乔慧慧手拿一个文件袋在等候出租车。

乔慧慧在向驶来的一辆出租车招手。

乔慧慧坐进出租车内向司机道:"师傅,到李佳音影视公司!"

出租车向市内而去。

49.李佳音的总编室门口　日内

慧慧来到门口喘了喘气,理了理头发和衣服,竭力使自己镇静下来,然后小心翼翼地敲着门。

室内传来了李佳音的声音:"请进!"

乔慧慧推门进来,如同一个小学生见老师一样地深鞠一躬道:"李总你好!"然后就拘谨地低着头一动不动地站着。

正在写着什么的李佳音头也没抬地道:"你好!请稍等!"

乔慧慧为难地道:"李总,我把梗概拿来了……"

李佳音这才抬头道:"噢,原来是慧慧啊!我还以为是小刘呢!快,快把稿子拿过来!"

乔慧慧恭恭敬敬地用双手把稿子递给了李佳音。

李佳音接过稿子便坐下仔细地审阅着。

乔慧慧站在一旁焦急地等待着,她在暗暗地祈祷着。

乔慧慧的画外音:愿上帝保佑我的稿子能够通过!

突然,李佳音拍案而起惊叹道:"好你个小乔同志啊!你竟然把我李佳音也写进去啦!"

乔慧慧不安地道:"请李总原谅!不行我就再改……"

李佳音道:"不是行不行的问题!我有你想象的那么好吗?"

乔慧慧道:"李总,你比我想象中的还要好!"

李佳音道:"不管怎么说,不能用我李佳音的真名,这是影视作品,不是纪录片。"

乔慧慧道:"李总,那就改叫李知音吧?"

李佳音赞叹地道:"好哇!你这个小乔同志,思维真敏捷啊!简直比你慧慧阿姨的思维还敏捷!"转而沉思了片刻道:"假如你慧慧阿姨还活着,我会让她帮你改好剧本的！"

乔慧慧深情地道："李总，请你放心！我会像慧慧阿姨那样写好这个剧本的！"

李佳音道："故事梗概从总体上讲，是可以的！"

乔慧慧惊喜地道："谢谢李总的厚爱！"

李佳音道："但是，剧本能否立项投拍，还必须看看剧本写得怎么样而定。"

乔慧慧迫不及待地道："李总，我明天就回去把剧本拿来！"

李佳音关切地道："这样吧，我让司机小张同志与你一块儿去，有什么困难，他会帮你的！"

乔慧慧感激地道："谢谢李总的支持！"

50.兴富村街上　日外

一辆轿车行驶在村街上。

坐在司机小张旁边的乔慧慧道："小张师傅，请往左拐！"

小张师傅道："好的！"说着便将车驶进另一村街内。

轿车缓缓地向吴天良家的大门口驶去。

乔慧慧望着关闭的大门道："小张师傅，请停车！"

车刚停下，从四面八方便赶来了许多看热闹的村民。

乔慧慧一走下车,便引起了村民们的一阵议论。

一年轻妇女道:"这不是乔慧慧吗?人家才几天就有专车坐啦!"

另一位年轻妇女道:"你看,那车还是影视公司的车呢!八成人家成了作家啦!要不会这么气派?"

一老者道:"都是吴天良作的孽!活该他没有这福分啊!"

就在这时,吴天良的大门开了。一位陌生的男子站在门内望着乔慧慧道:"请问你找谁?"

乔慧慧道:"请问吴天良在吗?"

那位男子道:"你问的是他呀?他已经进班房去了!这房子已拍卖给我了!你要找就到那里头找去吧!"说着就欲关门。

乔慧慧急忙推住门道:"请稍等!你知道那个叫大凤的下落吗?"

那位男子道:"你说的是他那位前妻吗?"

乔慧慧道:"对,是她!"

那位男子道:"她疯啦!你到车站附近找找吧!"

乔慧慧急转身钻进车内道:"小张师傅,到车站去!"

51.川平县汽车站外　日外

蓬头垢面的大凤,怀里抱着那个公文包,边走边呼叫着:"乔慧慧,你在哪儿?你还要不要你这公文包?你不要,我就扔了啊!"说着便将公文包扔在地上往前走去。但她没走远又回头望着那公文包,边走边说:"这包不能扔!"

大凤从地上捡起公文包,边走边呼叫着:"乔慧慧!你在哪儿……"

就在这当儿,乔慧慧坐在车上发现大凤如此景况,便急切地道:"停车!"

轿车"吱"的一声停在了大凤的身边。

大凤惊慌地撒腿就跑。

乔慧慧从车上跳下来边追边喊:"大凤姐!你别怕!我是慧慧!"

大凤突然停住了脚步,她回头愣愣地望着追上来的乔慧慧。

乔慧慧扑上去抱住大凤悲痛地道:"大凤姐!让你受罪啦!"

大凤把手中的公文包递给乔慧慧少气无力地道:"慧慧,我等你等得好苦啊……"她的话没说完便昏了过去。

乔慧慧急忙喊叫着司机小张道:"小张师傅!快把大凤姐背上车去!"

小张师傅把大凤背进车里。

乔慧慧抱着大凤不断地叫喊着:"大凤姐!你一

定挺住!小张师傅,快开车!"

小轿车飞也似的离开了汽车站。

52.李佳音宅院住室内　傍晚内

乔慧慧打开公文包,用手掏出里边的稿件一看,全是一片片破了的又粘起来的纸片。

乔慧慧惊疑地问道:"大凤姐!这稿件怎么全变成这样了呢?这都是你一片一片地粘起来的吧?"

大凤点了点头道:"是我粘起来的啊!自从你走后,我就知道你一定惦记着这公文包里的稿件,因为那是你用血和泪写成的啊!于是我就决定趁那老东西熟睡时,把稿件偷出来给你送去……

53.时空转换到过去吴麻子的房间内　日内

吴麻子正躺在床上睡觉。

大凤悄悄地掀起吴麻子脚头的床垫,轻轻地取出公文包和那份原稿件,不小心公文包"啪"的一声掉在了地板上。

吴麻子猛地起身道:"谁?你在干什么?"

大凤把公文包和稿件放在背后边退边说:"我没干什么呀!"

吴麻子道:"你把手伸出来!"说着便下床往大凤跟前一瘸一拐地走去。

大凤转身向楼下跑去。

吴麻子追到楼梯口吆喝道:"大凤!你站住!那东西不能拿走!"

大凤头也不回地跑了出去。

吴麻子一脚踏空,从楼梯上滚了下去。

吴麻子口吐白沫,抽搐了一阵便当场气绝。

54.时空闪回到现在李佳音住室内　夜内

乔慧慧幸灾乐祸地说:"老东西,他早该死了!"

大凤道:"吴麻子一死,吴天良就四处派人抓我!"

乔慧慧道:"那天晚上我在医院等了一夜也没等着你!我想着你一定是出事啦,可我也无能为力啊!"

大凤道:"我被吴天良抓回去后……"

55.时空闪回到吴麻子的灵堂前　夜内

吴天良扭住满身戴孝的大凤来到灵堂前道:"张大凤,今夜就让你跪在这里守一夜灵!你先跪下磕三个头!"说着一脚把大凤踢得跪在地上,接着把大凤的头往地上按着。

倔强的大凤不肯低头。

吴天良就强按着大凤的头在坚硬的水泥地板上磕了三个头。

大凤的头上顿时鲜血直流,但大凤依然昂着头。

守在一旁的冯媛媛和瘸子也惊呆了。

吴天良声嘶力竭地道："说！乔慧慧到底在哪里？"

大凤斩钉截铁地道："不知道！"

吴天良狰狞地道："好你个张大凤呀！你还护着那个乔慧慧呀！她让我断子绝后，我让她的梦想彻底破灭！"说着从灵堂的桌子上拿过那个公文包，拉开取出稿子，把公文包扔在大凤的面前，然后拿着一沓厚厚的稿纸一张一张地撕下道："张大凤！我叫你给她送！我叫你给她送！"

大凤扑上去欲夺稿纸，吴天良一脚将大凤踢昏在地。

吴天良望着躺在地上的大凤道："你们俩一定要看好她，别让她跑了。"说毕便出门而去。

瘸子同情地道："媛媛，这大凤也太可怜啦！咱不能坐视不管啊！"

冯媛媛道："看来，吴天良这人太狠毒啦！"说着上前扶起大凤道："你快撕条布来，先把她头上的伤包起来！"

瘸子应声从灵堂前取了一条孝布，用手一撕，给大凤包着伤。

冯媛媛道："快去倒点水来！"

瘸子应声道："我这就去！"

瘸子从屋内端着一杯水递给了冯媛媛。

冯媛媛喊叫着:"大凤姐!你喝点儿水!"

大凤终于醒了过来,她望望冯媛媛,又望望瘸子,感激地道:"你们都是好人呐!你们千万不能上吴天良的当啊!他是个没有天地良心的人啊!"说着便指着满地被撕破的稿纸道:"你们看看,他心多黑!把慧慧的稿件全都撕毁了!他撕碎的不是纸,撕碎的是慧慧的心啊!你说我咋去见慧慧啊!"

冯媛媛道:"大凤姐!咱们把稿纸再对起来,怎么样?"

瘸子也附和着道:"对!我们把它再对起来!"

大凤欣喜地道:"太好啦!"然而又不安地说:"不行!还是我一个人来捡吧!我不能连累你们俩……

冯媛媛道:"大凤姐!咱们一块儿捡!捡完了咱们就一块儿粘!粘好了咱们就一块儿离开这该死的地方!"

大凤激动地道:"我太谢谢你们俩啦!"

三个人在灵前捡着地上的稿纸。

三个人在桌上对接着稿纸。

56.时空闪回到现在李佳音室内　夜内

大凤指着乔慧慧手中的稿纸道:"我们三个就这样对完了这本稿纸啊!"

乔慧慧热泪盈眶地抱住大凤道:"大凤姐!我

太感谢你啦！"转而望着大凤道："那你咋不快来找我呢？"

大凤道："我不能再去找你！我怕吴天良的人跟着我去找你！所以我就装疯卖傻地等着你回来呀！"

乔慧慧道："大凤姐，你可把我吓坏了，一开始我还以为你是真疯了呢！"

大凤道："天无绝人之路！好人有好报，恶人有恶报！吴天良的下场就是他作恶多端的报应！"

57.李佳音宅院内　晨内

乔慧慧正在院内用水壶浇着花坛上的菊花和兰花。

大凤在用水管浇着花坛里的梅花和竹子。

乔慧慧兜里的手机响。

乔慧慧放下水壶，掏出手机道："喂，我是慧慧！你是刘秘书吧？啊，李总马上要来看稿子？太好啦！我一定做好准备！你放心吧，刘秘书，再见！"

乔慧慧望着大凤道："大凤姐！李总马上要来看稿子，咱们赶快回屋做好准备！"

大凤放下手中的水管道："我关好龙头就来！"

58.李佳音住室内　日内

乔慧慧在桌子前边摆放着稿子，边对大凤道：

"你给李总把茶泡上,他不吸烟,只爱品茶!"

大凤从桌上拿过一个小茶壶道:"是这个茶壶吧?"

乔慧慧应声道:"就是,你得拿出去洗洗。"

大凤笑着道:"我知道,你就摆好你的稿子吧。"大凤拿着茶壶走了出去。

乔慧慧仍在桌前摆放着那五本稿子。一会儿摞起来,一会儿"一"字形摆放在桌上,她有些手足无措,不知到底该怎么放才能使李总满意。

此刻,大凤拿着洗好的茶壶走了进来。

乔慧慧望着大凤道:"大凤姐,你说这稿子咋摆放合适?"

大凤道:"这就难说啦,那要看一个人的习惯。"

乔慧慧灵机一动,掏出手机便接通了刘亚楠的电话:"喂,刘秘书吗?我是慧慧!有件事我想请教刘大姐!李总看稿时,是摞起来看,还是'一'字形摆开看?'一'字形摆开看!谢谢刘大姐!"

乔慧慧收起电话,便把摞起的稿子又一本一本地摆放在桌上。

就在这时,门外传来三声汽车的喇叭声。

乔慧慧惊喜地道:"是李总的车来了!走,咱们去迎接他!"

乔慧慧和大凤向门外走去。

乔慧慧将大门打开道:"李总请进!"

李佳音走进大门内望着大凤道："我没猜错的话,她就是大凤!"

乔慧慧不解地道："李总,你怎么能知道她是大凤呢?"

李佳音开玩笑地道："我看过《奇门遁》,来人不用问!"

乔慧慧幼稚地道："李总,你真的看过那本书吗?"

李佳音道："开个玩笑而已!是小张告诉我的!"转而对大凤道："大凤呀!稿子能保存到现在,你是立了头功咯!"接着朝着乔慧慧道："小慧慧,你该怎样感谢大凤呢?"

乔慧慧边走边说："李总,我该怎么感谢她,那就全靠李总你啦!"

李佳音来到客厅门口站着道："你这个小机灵!怎么跟我踢开皮球了?"

乔慧慧道："李总,你这样说就严重了!我不敢跟你老踢皮球!我是说,只要我的剧本能成功,我愿把稿酬的一半孝敬你,一半给大凤姐!"

李佳音兴奋地道："好啊!"转向大凤微笑地道："大凤同志,你听到了吗?这可是慧慧承诺的!我有钱,我那一半就免了!可你那一半一定要让她兑现哟!"

大凤低着头道："李总,那是我应该做的!我与慧慧虽不是亲姐妹,但比亲姐妹还要亲!我怎么能要自家妹妹的钱呢?"

李佳音走进客厅道:"真可谓不是亲姐妹,胜似亲姐妹啊!"转而对大凤道:"听说你无亲无故,这一回来你就别走了,就住我们家,一来可以给慧慧做个伴,二来也可以帮我管管家!愿意常住我欢迎,愿意回去我欢送!你看怎么样?"

大凤激动地半晌说不出话来,她竟扑到慧慧的肩上边擦眼泪边道:"慧慧,我不是在做梦吧?我真遇见大救星啦?"

乔慧慧扶起大凤,擦着她脸上的泪道:"大凤姐!这不是在做梦!"说着便用手捏了捏大凤的鼻子问:"大凤姐,你疼不疼?"

大凤这才转身向李佳音鞠了一躬道:"谢谢李总的收留!"

李佳音道:"别客气了!以后咱们就是一家人啦!"

大凤转身从桌上拿过茶壶递给李佳音道:"李总,你喝茶!"

李佳音接过茶壶道:"唔?茶都泡好啦!你怎么知道我好喝茶啊?"

大凤道:"慧慧告诉我的!"

李佳音望着乔慧慧道:"好一个小慧慧啊!你连我的习性都摸到啦!"说着走到桌前把茶壶放在桌

上,拿起桌上的稿纸正翻了一页,就在这当儿,李佳音的脑海里顿时闪过了他的夫人乔慧慧给他在桌上摆放稿件的情景,李佳音不禁抬头望了望挂在墙上的照片。

照片特写镜头:乔慧慧微笑着。

李佳音的泪止不住地掉在了稿纸上。

乔慧慧和大凤看着李总如此的伤心落泪,不禁惊呼道:"李总!你这是怎么啦?"

李佳音不好意思地道:"噢?没什么,没什么!"转而敏捷地翻阅着稿纸道:"我看见这被撕破又粘贴起来的稿纸,我心里有说不尽的酸痛!这稿件凝结着作者多少血汗啊!又历经了多少不眠之夜啊!然而却被撕得千疮百孔,难道吴天良的良心叫狗吃了吗?"

乔慧慧惊疑地道:"李总,你怎么会知道这其中的隐情呢?怎么会如此疾恶如仇呢?"

李佳音深有感触地道:"别忘了,我也是过来人啊!每当我看见这一方格一方格的稿纸,我就仿佛看见那些怀着梦想的作者,伏案孜孜不倦地写着方格纸的情境。他们真可谓焚膏油以继晷,恒兀兀以穷年啊!但是,我们中间有些人却冷落他们、嘲笑他们,甚至还想扼杀他们!而我李佳音就是要为他们实现梦想铺路架桥!"

此刻,李佳音兜里的手机响。

李佳音掏出手机应声道:"噢,我是李佳音,你是编导科子导演啊! 你们要看剧本? 剧本现在我这里,我要亲自修改这个本子, 修改后你们即可详写分镜头本子! 这样咱们就可赶在国庆节前后举行开机仪式! 好的,再见!"

　　乔慧慧兴奋地跳起来道:"太好啦! 这一回可有希望啦!"

　　李佳音严肃地道:"小慧慧,你不要高兴得太早了! 能不能顺利开机,就看这本子写得怎么样啦!"

　　乔慧慧欣慰地道:"李总,有你亲自参与修改编审,我相信一定会成功的!"

　　李佳音道:"我已老了! 能否成功还要靠你这位后起之秀咯!"

59.李佳音宅院餐厅内　傍晚内

　　桌子上已摆放了几道菜。

　　李佳音和乔慧慧正坐在餐桌前端着米饭边吃边聊。

　　乔慧慧道:"李总,这几天你看稿子够辛苦了! 不知大凤做的饭菜是否合你的口味?"

　　李佳音高兴地道:"做得挺好的! 挺合我口味的!"

　　乔慧慧道:"合口味你就多吃点儿!"

　　李佳音朝着厨房喊道:"大凤啊! 别再忙活啦! 快

来坐下一道吃饭!"

大凤在厨房里应着声道:"还有一个汤,我马上就来!"

乔慧慧问大凤道:"今天做什么好汤啊?"

大凤把汤放到桌上道:"银耳莲子汤,李伯这几天审稿劳神,这汤能清热、补脑,还能使人长寿呢!"

李佳音感激地道:"谢谢大凤的一片良苦用心哇!那我就先尝为快咯!"

乔慧慧真诚地道:"李总,这几天你真的太劳心啦!我看在眼里疼在心里,可我却无用武之地啊!"

李佳音道:"下一步你就有用武之地了!"

乔慧慧道:"真的吗?"

李佳音道:"稿子我已初审一遍,总体感觉比较满意!你初次写剧本能写成这样子是难能可贵的!故事情节感人,人物形象逼真,文笔流畅,语言生动!但是,你还不善运用蒙太奇的手法!不少地方的语言不是影视剧的语言,而仍是小说的语言。这样就使影视剧的时空转换不流畅,甚至不合理。因此,就增加了修改的广度和深度啊!"

乔慧慧期待地道:"李总,你让我重新修改吗?"

李佳音沉思了片刻道:"我曾想让你再修改一遍,但恐怕时间会来不及啊!再说,运用蒙太奇的熟练程度绝非一日之功啊!"

乔慧慧乞求道:"李总,你就帮帮我吧!我请求与你合作行吗?"

李佳音道:"好吧!我答应你!不过这打印的任务也很艰巨啊!要是你乔阿姨还活着,这打印的任务就不用找人啦!"

乔慧慧道:"李总,你放心吧!这打印的任务由我来接替!"

李佳音兴奋地道:"这太好啦!咱们今晚就开始,我修改,你打印,争取一周左右完稿!"

60.李佳音住室内 夜内

李佳音趴在桌前专心致志地修改着稿件。

乔慧慧坐在电脑前熟练地打着稿件。

她将手扶在键盘上,朝着正在改稿的李佳音动情地道:"李总!这一段你老改写得太逼真了!"

李佳音抬头问道:"唔?哪一段?念一念我听听!"

乔慧慧满含热泪地读着:"突然,门被'哐'的一声推开了,随之而入的便是狼狈不堪的乔虹,她'扑通'一下跪在李知音的面前,乞求道,大伯,快救救我!外边有人追我……"

读到这里,乔慧慧不禁惊恐地跑到李佳音面前,扑在李佳音的怀里道:"李伯,我怕,我怕……"

李佳音用手拍着乔慧慧的背部安慰着道:"闺

女,别怕,别怕!有我李老头在,就有你闺女在!再说这不是在吴天良的工地,而是在我李佳音的家里!"

乔慧慧这才急忙起身不好意思地道:"李总,你看我……请你原谅我的失态!我一想起那件事就感到害怕!"

李佳音道:"一切都过去了,不要想那么多,要安心尽快地完成稿件的打印任务!"

乔慧慧应声走到电脑桌前,坐下做了个深呼吸,便开始打起字来。

不一会儿,外边传来了小轿车的三声喇叭叫。

李佳音起身道:"车来了,我该回公司去啦!明天见!"

乔慧慧望着李佳音的背影恋恋不舍地道:"明天见!"

61.李佳音公司住室内　夜内

李佳音躺在床上苦思冥想着。刚才乔慧慧扑在他怀里的一幕又展现在他的面前……

62.李佳音宅院住室内　夜内

乔慧慧躺在床上翻来覆去地睡不着。

乔慧慧索性起来,拿起手机在给李佳音发送着短信。

短信特写镜头：李总，我是慧慧，我孤独！我想对你倾诉！

63.李佳音公司住室内　夜内

李佳音枕边的手机铃声响。

李佳音拿起手机在翻阅着乔慧慧发来的短信。

短信特写镜头：李总，我是慧慧，我孤独！我想对你倾诉！

李佳音思考了良久，动手向乔慧慧发着回信。

回信特写镜头：文坛真君子，君子皆孤独。孤独寻知音，知音在心头！

64.李佳音宅院住室内　夜内

乔慧慧枕边的手机铃声响。

乔慧慧迫不及待地拿起手机在翻念着："文坛真君子，君子皆孤独。孤独寻知音，知音在心头！好一个知音在心头啊！"

65.李佳音宅院住室内　夜内

李佳音依然趴在桌前专心致志地修改着稿件。

乔慧慧坐在电脑前快速打着稿件。

李佳音修改完最后一本稿件，站起来伸了伸臂，如释重负地道："我的任务终于完成啦！下边就看你的打字速度啦!"

乔慧慧道:"请李总放心!我不会拖李总后腿的!"说着便愈打愈快。

李佳音望着乔慧慧那敏捷而标准的打字姿态,她眼前不禁出现了夫人乔慧慧打字时的情境……

66.时空闪回到三年前　夜内

年过半百的乔慧慧正坐在打字机前快速敏捷地打着稿件。

李佳音走过去拍了拍夫人乔慧慧的肩膀道:"亲爱的,别打了!现在已经是深夜12点钟了!该休息了!你毕竟也是年过半百的人啦!身体要紧!"

乔慧慧笑着道:"没事!我打完这几页就休息!"

李佳音转身走到桌前坐下,开始翻阅着稿件。

突然,打字机的声响停了,屋子里一片静寂。

李佳音猛地抬头一看,乔慧慧却昏倒在电脑前。

李佳音惊呼道:"慧慧!你怎么啦?快醒醒!"

67.时空闪回到现在　夜内

李佳音情不自禁地朝着正在打字的乔慧慧惊呼道:"慧慧,我的亲爱的!我对不起你呀!"

正在打字的乔慧慧惊疑地站起来,望着满眼泪痕的李佳音道:"啊,你这是怎么了?"

李佳音望着乔慧慧恍惚地道:"你,你是谁?"

乔慧慧道:"我是乔慧慧!"

李佳音猛地抱住乔慧慧道:"我亲爱的慧慧呀!你不能走啊!"

乔慧慧真诚地道:"我不走!我永远照顾你老!"

李佳音猛然推开乔慧慧惊疑地望着她道:"啊?怎么是你?对不起!我该回公司啦!"说着转身就走。

乔慧慧追上前去,从后边抱住李佳音的腰把脸紧贴在他的背上,轻声地道:"别走!我的文坛真君子!"

李佳音抓住门拉手的手僵住了,良久才慢慢地松开放下。

乔慧慧松开手,李佳音转身道:"其实,你的心意我明白,我深感我们相见有缘。但毕竟我们的年龄相差太远,我们这样做此乃非君子之道也!就让这份真情珍藏在我们各自的心里好吗?"

乔慧慧上前紧紧拉住李佳音的手,倔强地道:"不,你不能再苦守着文坛真君子的信条啦!你爱乔阿姨,你想乔阿姨,你忠于乔阿姨!这都是人之常情!但你毕竟已是年过花甲的人了!需要贴心的人照料啊!小女子我虽然不才,但我却愿陪伴你终生!难道你嫌我是曾被人损害过的人吗?"

李佳音斩钉截铁地道:"不!不是你说的那样!正因为你曾被人损害过,我才愿救你、帮你,也从心底里更加爱你！因为你不仅名字与你乔阿姨相同,而且言谈举止文才技艺都不亚于你乔阿姨啊！但是,我们不能结合在一起,因为我们的年龄相差太远！我们如果结合在一起会遭人耻笑的！"

乔慧慧毫无顾忌地道:"不！为了我们的事业,为了我们的真情实爱,我们的结合不应该受年龄和时空的限制,我虽是一只受伤的狼,但我却爱救我的羊,我们既然相爱,就要爱得疯狂！不怕海枯石烂,不怕地老天荒！更不怕世俗的眼光！"

李佳音感动地道:"可爱的狼！受伤的狼！你容我再想想……"

乔慧慧欣慰地道:"我等你！"但又一想追问道:"可你不能让我久等哟！"

李佳音道:"不会的！电视剧开拍那天,我会答复你的！"

乔慧慧兴奋地道:"太好了！这不是指日可待了吗？"

此刻,外边传来了小轿车的三声喇叭叫。

李佳音道:"车来了,我该回公司了吧？"

乔慧慧无可奈何地点了点头。

李佳音依依不舍地走出住室。

乔慧慧凝思了片刻,转身急追了出去。

68.李佳音宅院大门外　夜外

李佳音的车已离去。

乔慧慧站在大门外,直望着李佳音的车消失在转弯处。

69.李佳音宅院住室内　夜内

乔慧慧在房间内兴奋不已地重复着:"电视剧开拍的那天!电视剧开拍的那天!太好了!"说着便手舞足蹈地唱着:"我们的理想在希望的田野上,禾苗在农民的汗水里抽穗,牛羊在牧人的笛声中成长,西村纺花东岗撒网,北疆播种南国打场……

就在这当儿,大凤走进来道:"哟,什么事把你高兴得又歌又舞的?"

乔慧慧两手抱住大凤道:"大凤姐!我告诉你个好消息!"

大凤急问道:"什么好消息?"

乔慧慧神秘兮兮地道:"你猜猜?"

大凤想了想道:"是电视剧快开拍啦?"

乔慧慧摇了摇头道:"不对!比这还重要!"

大凤不解地道:"这我就猜不着了!"

乔慧慧趴到大凤的耳朵上在悄悄地说着。

大凤惊喜地道:"啊!你太幸福啦!你这可是双喜临门啊!你还不赶快给你爸你妈打个电话?"

乔慧慧感慨地道:"谢谢大凤姐的提醒!我这就往家里打电话!"

乔慧慧拿出手机在拨着号码。

70.梦南县乔家村乔慧慧家　夜内

乔慧慧的爸爸和妈妈正在熟睡中。

桌上的电话铃声惊醒了慧慧妈,打断了慧慧爸的鼾声。

慧慧妈不安地道:"她爸,你咋不接电话呢?"

慧慧爸不耐烦地道:"深更半夜打什么电话!讨厌!"说着拿起电话火冒三丈地道:"半夜三更打什么电话!你还叫人活不?"

电话里传来了乔慧慧的声音:"爸,我是慧慧!"

慧慧爸用手捂住电话筒递给慧慧妈,惊讶地道:"她妈!你那宝贝女儿的电话!"

慧慧妈夺过电话哭泣着道:"你是慧慧?你可把妈快急疯啦!妈还以为你……"

电话里传来乔慧慧的声音:"妈,我没事!一切都好!你和爸别再为我担心!我告诉妈个好消息,我的电视剧马上就要开拍了!"

慧慧妈激动地朝身边的慧慧爸道:"她爸,咱慧慧的电视剧就要开拍啦!太好了!妈没有白养活你呀!"

电话里传来乔慧慧的声音:"妈,我的男朋友也有了！他是个大编剧！到电视剧开拍那天,我带他一块儿去看望你二老！"

慧慧妈喜出望外地道:"好闺女！妈就等着这一天呢！"

电话里传来乔慧慧的声音:"妈,爸！晚安！"

慧慧妈放下电话朝着慧慧爸埋怨道:"你看看！咱慧慧多有能耐！我看慧慧回来,你咋有脸见她？"

慧慧爸把被子往头上一盖道:"没脸见就不见！"

71.李佳音总编室内　日内

李佳音正在拿着电话讲着:"关于开机仪式的时间和地点还没有最后定,待我们剧组人员到齐后再定！我们会通知你们电视台的！"

李佳音刚放下电话,电话铃声又响。

李佳音刚拿起电话,刘亚楠拿着文件夹走了进来。

李佳音向刘亚楠点了点头道:"小刘同志你先稍等！"接着便对着电话道:"喂,我李佳音啊！你哪位？噢,原来是老同学啦！你们北方电影学院愿与我们合拍呀！那就谢谢老同学的合作啦！开拍仪式一定,我立即通知你！好,开机仪式上见！"

李佳音放下电话,转向刘亚楠道:"小刘同志,开拍仪式的准备工作怎么样？"

刘亚楠把文件夹递给李佳音道:"这是有关开拍

仪式的所有材料。开拍仪式的准备工作已经就绪,剧组的所有人员已经到齐。就等李总你来敲定开机仪式的时间和地点啦!"

李佳音边翻阅文件边问:"勘测外景地的于导他们回来了吗?"

刘亚楠道:"今天上午刚回来。"

李佳音拿起桌上的电话拨通了于导的电话道:"喂!于导吗?你们辛苦了!我想征求一下你的意见,开机仪式安排到什么地方合适啊?"

电话里传来了于导的声音:"李总,开机仪式安排到乔慧慧的家乡乔家村最合适!那个村依山傍水,风景秀美,挺好的!"

李佳音兴奋地道:"好哇!咱们俩可是一拍即合啊!地点就这么定!时间就放到国庆节这天怎么样?"

电话里传来于导的声音:"好哇!一个大吉大利的日子嘛!"

李佳音放下电话道:"小刘同志,你马上通知剧组人员明天就开往梦南县乔家村!"

刘亚楠应声道:"好的!"说毕转身就走,走出门口却又转身道:"李总,通知乔慧慧吗?"

李总笑着道:"当然要通知啦!小慧慧也是主创人员嘛!"

72.乔家村头打麦场上　日外

打麦场的舞台上方悬挂着大红横幅,上面写着:电视连续剧《为了一个梦》开机仪式。

舞台前排的桌布上放着制片人、导演、编剧、领衔主演、贵宾席等座签。坐在各自座签位置后面的各位宾客,个个胸前戴着红花,人人脸上洋溢着笑容。

李佳音正站在麦克风前讲着话:"电视连续剧《一个女生的剧本梦》的开机仪式,今天之所以要在咱们梦南县乔家村举行,是有着特殊意义的!这是一个永远值得记忆的日子,从今日起,一部新的电视剧诞生了!一位新的剧作家出现了!她就是我们梦南县乔家村的乔慧慧!"

乔慧慧的特写镜头:乔慧慧站着在向台下鞠着躬。

台下响起一阵经久不息的掌声。

乔慧慧的父母在台下激动得热泪盈眶。

李佳音接着道:"乔慧慧不仅是乔家村人的骄傲,而且也是梦南县人民的骄傲!"

台下响起一阵热烈的掌声。

李佳音接着道:"新人、新作的出现,这说明梦南县真是物华天宝,人杰地灵!我们影视公司期盼着有更多的乔慧慧脱颖而出!我们愿与梦南县人民共同合作,拍摄出更多更好的影视作品!培养出更优秀的电影新人!"

台下又响起一阵热烈的掌声。

73.乔慧慧家院内　日外

乔慧慧家的院外早已挤满了看拍电视剧的男男女女、老老少少。

院外,坐在升降机上的摄影师正在调试着镜头。

院内各个角落里也挤满了人。

站在院子中央的于导演正在给饰演乔虹和饰演乔虹爸、妈的演员说着戏。

于导演先拉住饰演乔虹的演员走到大门口道:"你要兴高采烈地拿着北方电影学院的通知书跑进来! 一定要有激情!"

饰演乔虹的演员点头站在门外等候着开拍。

于导演走到院子中央拉住乔虹的妈妈,走到厨房门口道:"你在厨房内一听到女儿考上学的消息,心里特别高兴,喜出望外地跑出来迎接女儿,一定要演出与女儿同呼吸共命运的感觉来!"

乔虹的妈妈在点头意会。

于导这才来到乔虹爸爸的跟前道:"你坐在这里劈柴,一听到女儿考上电影学院的消息就非常恼火! 因为你还有一个儿子要上高中, 没有钱再供女儿上学,你夺过女儿手中的通知书撕了个粉碎! 要把握住分寸, 你不是不愿让女儿上学, 而是日子不富裕所致,迫于无奈的鲁莽行为!"

于导演这才拿起喇叭高声喊道:"各就各位! 一、二、三开拍!"

乔虹喊道:"爸,妈! 我考上了,考上了!"

乔虹妈从厨房里出来道:"小虹,叫妈看看,又考上哪儿啦?"

乔虹道:"北方电影学院!"

乔虹妈激动地哭着说:"太好啦! 妈没白养活你! 妈为你高兴!"

乔虹爸把斧头一撂气冲冲地道:"高兴个屁!"说着上前指着乔虹道:"你只图你高兴! 你问问你爸我高兴不高兴? 你再问问你考上高中的小兄弟高兴不高兴?"

乔虹妈试探着道:"她爸,咱再想想法子,行不?"

乔虹的爸爸从乔虹妈妈的手里夺过通知书道:"没钱人的法子只有一个,不上!"说着正要撕那通知书。

此刻,乔慧慧她爸爸从屋里冲上去,从演员手中夺过通知书道:"你不能撕! 你还给我女儿吧!"

在场的人们都惊呆了。

于导演走过来道:"大伯,我们是在演戏! 你别激动!"

乔慧慧的爸爸道:"你们不把通知还给我女儿,

你这戏拍不成！"

乔慧慧走过来道："爸，你别添乱好不好？"

乔慧慧妈也凑上前来劝道："她爸，人家是在演戏！"

乔慧慧的爸爸羞愧地对女儿说："慧慧，爸对不起你呀！"

此刻，李佳音与北方电影学院的程院长走过来。

李佳音道："慧慧她爸，你不是想要你女儿的通知书吗？"

乔慧慧的爸爸感激地望着李总道："李总，你是我们的大恩人哪！"

李佳音道："你还想不想让慧慧上电影学院呢？"

乔慧慧的爸爸道："想啊！可世上没有后悔药啊！"

李佳音转身对程院长道："程院长，这就看你的啰！"

程院长从兜里掏出一张通知书道："你们看这张通知书是谁的？"

乔慧慧的爸爸接过通知书念道："北方电影学院录取通知书！乔慧慧！这是真的吗？"

李佳音道："这能有假吗？"然后指着程院长道："他就是北方电影学院的院长程天泽！等这里的戏拍完，我们就可保送慧慧去电影学院深造啦！"

乔慧慧全家人感激地道："谢谢程院长！谢谢李总！"

74.某火车站台上　夜外

　　站台上,乔慧慧正提着箱子与送行的大凤告别。

　　乔慧慧放下箱子与李佳音拥抱,然后与大凤拥抱后道:"大凤姐!李总的一切我就托付给你啦!"

　　大凤满含热泪地点着头。

　　乔慧慧提起箱子走进车厢内。

　　火车徐徐地启动了。

　　车厢内,乔慧慧热泪盈眶地从车窗内向外招着手。

　　火车飞驰而去。

　　李佳音与大凤目送火车消失在远方。